Nina Weger wurde 1970 als erstes von vier Kindern geboren. Nach dem Abitur ging sie eine Saison als Seiltänzerin auf Tournee, bevor sie sich doch für das Schreiben entschied und eine Journalistenschule besuchte. Sie arbeitete als Redakteurin und Regieassistentin, machte sich 1996 als Drehbuchautorin selbstständig und schrieb im Team mit Nina Bohlmann für bekannte Fernsehserien. 2012 erschien ihr erstes Kinderbuch im Verlag Friedrich Oetinger. Mit »Club der Heldinnen« hat sich Nina Weger (deren Kindheitshelden Winnetou, Prinz Eisenherz und die Brüder Löwenherz waren) einen kleinen Traum erfüllt: Mädchen, die reiten, Spuren lesen, Bogenschießen und E-Mail-Accounts knacken können, aber trotzdem wissen, wie man einen Zopf einflicht. Die eine aufrichtige Freundschaft verbindet, die Haltung haben, nicht jedem gefallen müssen, nebenbei einen Schatz heben – und Jungs gut finden, die Kuchen backen können. Nina Weger lebt mit ihrem Mann und ihren zwei Kindern in Hannover und leitet mit einer Freundin ehrenamtlich den »Kinderzirkus Giovanni«.

Hochverrat im Internat

Vignetten von Nina Dulleck

Verlag Friedrich Oetinger · Hamburg

Mehr von Nina Weger bei Oetinger:
Helden wie Opa und ich
Ein Krokodil taucht ab (und ich hinterher)
Die sagenhafte Saubande – Kommando Känguru
Die sagenhafte Saubande – Polly in Not
Trick 347 oder der mutigste Junge der Welt
Club der Heldinnen – Entführung im Internat

© 2017 Verlag Friedrich Oetinger GmbH,
Poppenbütteler Chaussee 53, 22 397 Hamburg
Alle Rechte vorbehalten
Einband und Vignetten von Nina Dulleck
Satz: Sabine Conrad, Bad Nauheim
Druck und Bindung: GGP Media GmbH,
Karl-Marx-Straße 24, 07381 Pößneck, Deutschland
Printed 2017
ISBN 978-3-7891-0466-4
www.oetinger.de

*Für Finja,
mit der ich das echte Exploratorium in San Francisco
und das Piratenmuseum in St. Augustin besucht habe –
und die mir trotz weiter Ferne so nah ist.*

Schwur der Matilda

Mädchen auf dem Erdenrund,
schwört auf den geheimen Bund!
Grenzen sprengen, Neues wagen,
was nicht stimmt, auch mutig sagen!
Mit dem Herzen in der Hand,
mit Verstand durch jede Wand,
Freundschaft, die zusammenhält,
so verändern wir die Welt!

Kapitel Eins

Eine heftige Windböe fuhr durch den Kreuzgang und pustete Flo die rote Samtkapuze vom Kopf. Besorgt schaute sie in den grauen, von Wolken zerrissenen Himmel über dem Matilda Imperatrix. »Das sieht nicht gut aus!«
Pina nickte, fasste die flatternden Enden ihres Umhangs und zog sie fröstelnd um ihr Lederhemd. »Es ist kein einziger Vogel in der Luft! Ich fürchte, das wird mehr als ein normaler Herbststurm.«
»Zum einbeinigen Klabautermann!« Blanca zeigte auf eine Windhose, die kreuz und quer durch den Innenhof des Internats schoss. Blitzschnell wechselte der Wirbel die Richtung, und jedes Mal riss er mehr Staub und Herbstblätter in die Höhe. »Auf See würde ich jetzt den nächsten Hafen ansteuern!«
Flo spürte ein merkwürdiges Grummeln im Bauch. Wenn selbst Blanca nervös wurde, die sich sonst vor nichts fürchtete – dann bedeutete das Alarm!
»Ich geh zu Ringstrøm«, verkündete sie entschlossen. »Wir müssen sofort einen Notfallplan erstellen.«
Kaum hatte sie ausgesprochen, begannen die Glocken der

Internatskapelle wild zu läuten. Das war der Ruf zu einer Sonderversammlung aller Schülerinnen!

»Auf die Idee sind wohl schon andere gekommen«, rief Blanca gegen den Wind.

»Kommt, Blutsschwestern!« Pina stopfte ihre wehenden Haare unter die Kapuze. Dann rannten sie los.

Aus allen Gängen, Treppenhäusern und Türen strömten nun Mädchen in roten Samtumhängen und eilten den Säulengang hinunter zum Kapitelsaal.

»Habt ihr Charly irgendwo gesehen?«, rief Flo und versuchte, im Meer der roten Kapuzen ihre kleine Schwester ausfindig zu machen. Sie musste irgendwo bei den Drittklässlern sein ... Da entdeckte sie ein hünenhaftes Mädchen mit Schultern so breit wie ein Türrahmen. »Mette!« Dann konnte Charly ja nicht weit sein! Flo drängelte sich durch einen Pulk aufgeregt schnatternder Drittklässler. »Hey, Mette, hast du Charly –«

»Hui, da ist ja meine große Schwester-Luftverpester!« Charly sprang hinter ihrer riesigen Freundin hervor und hüpfte vor Flo auf und ab.

»Sehr lustig! Alles in Ordnung bei dir?«

Charly rollte mit den Augen. »Maaann. Ich bin nicht mehr klein wie ein Ferkel-Schwein!«

»Ich weiß, aber ich glaube, das wird ein ziemlich schlimmer Sturm und –!«

»Wenn es zu sehr weht, dann *kette* ich mich an *Mette*!« Charly grinste von einem Ohr zum anderen. »Da flieg ich schon nicht weg – wie Sand und Dreck!«

Flo stöhnte. »Kannst du mal einen Satz normal sagen?!«

Charly schüttelte den Kopf.
»Auch egal. Hauptsache, ihr bleibt zusammen, okay?«
In dem Moment bekam Flo von hinten einen Schubs und wurde durch die Eichenpforte in den großen Versammlungssaal des Matilda Imperatrix gespült.
Der lang gestreckte Raum war an den Längsseiten von alten, verschnörkelten Holzbänken umgeben. In den hellen Sandsteinboden waren die Namen ihrer berühmten Vorgängerinnen eingemeißelt, und die Decke bestand aus einem hohen dunkelblauen Gewölbe, das von unzähligen goldenen Sternen übersät war. Flo rannte schnurstracks zu den Reihen der Fünftklässler und rutschte in die Bank zu Pina, Blanca und ihren anderen Klassenkameradinnen.
»Ruhe bitte! Ruhe!« Eine kleine, runde Frau wedelte aufgeregt mit den Armen und stieg auf die Bühne am anderen Ende des Saals. Es war Madame Maseleige, die Hausmutter. »Liebe Schülerinnen des Matilda Imperatrix ... Ruhe bitte!«
»Wo ist Direktorin Petronova?!«, flüsterte Flo. Pina zuckte mit den Schultern. »Wahrscheinlich ist die Lage so dramatisch, dass sie Wichtigeres zu tun hat ...«
Vorn auf der Bühne wurschtelte Madame umständlich in ihren Zetteln. »... also ... Folgendes lässt mich unsere Direktorin ausrichten: Der Sturm, vor dem unser Wetter-Team gewarnt hatte, ist mittlerweile zu einem Orkan angewachsen und wird voraussichtlich in einer Stunde unser Internat erreichen. Im Laufe der Nacht erwarten wir heftige Regenfälle, die die Bergbäche anschwellen lassen werden. Niemand weiß, ob die Staudämme den Wassermassen standhalten. Darum ...« Wieder blätterte Madame in ihren Papieren.

»… darum werden wir unsere Häuser jetzt so gut wie möglich sichern und die Nacht in den Notfallkellern verbringen. Es tritt Plan N2 ein!«

Ein Raunen ging durch den Saal.

»Die zweite Notstufe?! Wann gab es die zuletzt?«, wisperte Minerva, Expertin für Heil- und Giftpflanzen.

Pina zog mit besorgtem Blick die Schultern hoch. »Solange ich aufs Matilda gehe, jedenfalls noch nie.«

»Das muss mindestens zwölf Jahre her sein«, flüsterte Olga aus der Reihe vor ihnen. Sie gehörte zum Team der Raumfahrt-Spezialisten und trieb sich oft in der Sternwarte, direkt neben der Wetter-Beobachtungsstation, herum. Flo machte sich ganz andere Gedanken. Sie riss einen Arm hoch und rief: »Madame Maseleige, was passiert mit den Pferden und den anderen Tieren?«

»Stallmeister Aaron bringt die Pferde gerade ins Dorf hinunter. Signora Agricola kümmert sich um die restlichen Tiere. So, meine Damen, jede weiß, was sie jetzt zu tun hat. An die Arbeit, husch-husch!«

Flo kletterte aus der Bank und winkte Pina und Blanca zu. »Wir sehen uns später!«

Denn nun musste jede von ihnen ihrer speziellen Aufgabe nachgehen – und die richtete sich ganz nach der jeweiligen besonderen Begabung. Genau deshalb waren sie ja auf dieser Schule für außergewöhnliche Mädchen: weil jede von ihnen ein besonderes Talent besaß, mit dem sie eines Tages die Welt verbessern konnte.

Blanca segelte weltklassegut und war Spezialistin für Internet-Fragen. Deshalb war sie für die Sicherung der Computerräume zuständig. Pina, sensationelle Naturbeobachterin und Bogenschützin, musste bei *Notfallstufe zwei* das Wetter-Team unterstützen. Flo zählte zu den besten Reiterinnen und war eine der scharfsinnigsten Planerinnen des Internats. Darum gehörte sie zum Strategie-Team von Herrn Ringstrøm. Sie war übrigens die jüngste Schülerin in der tausendjährigen Geschichte des Matilda, der diese Ehre zuteilgeworden war. Und schon aus diesem Grund wollte sie jetzt auf gar keinen Fall zu spät kommen.

Mit Vollgas sauste sie den Kreuzgang hinunter und riss die Pforte zum hinteren Internatsteil auf, da stieß eine heftige Böe sie mit voller Wucht zurück in den Gang. Mit zusammengekniffenen Augen blickte Flo in den düsteren Himmel. Die einzeln dahinjagenden Wolken waren verschwunden – stattdessen verdunkelte eine monströse schwarze Riesenwolke das Firmament. Mit ungeheurem Tempo walzte das Ungetüm direkt auf das Matilda zu. Flo schluckte – dann stemmte sie sich mit gesenktem Kopf gegen den Sturm.

Herr Ringstrøm erwartete sie im großen Laborraum des Exploratoriums. Trotz der Orkanböen war sein weißes Haar ordentlich zurückgekämmt, und die Kette seiner goldenen Taschenuhr baumelte in einem hübschen Bogen aus der Nadelstreifenweste. Herr Ringstrøm sah immer so aus, als sei er gerade aus einem Stummfilm geplumpst, und selbst im größten Chaos blieb er so ruhig, als plane er bloß ein gemütliches Sonntagspicknick. Das lag natürlich auch daran, dass sein Experten-Team bestens für alle Notfälle vorbereitet war und er sich immer auf seine Schülerinnen verlassen konnte.

»Ich verteile Kerzen und Zündhölzer in den Notfallkellern«, meldete sich Nour aus der zwölften Klasse.

»Wir versorgen alle mit Decken«, erklärte Rasheda für ihre Dreiergruppe. Die Nächsten kümmerten sich um Trinkwasser, andere um Lebensmittel oder Brennholz für die Öfen. Ein paar Große übernahmen das Satellitentelefon und die Medizinkoffer. Flo musste die Notstrom-Generatoren mit Benzin befüllen, damit sie sich bei einem Stromausfall selbst mit Elektrizität versorgen konnten. »Wir sollten die Apparate gleich an strategisch günstige Orte bringen«, schlug sie vor. »A) wissen wir nicht genau, wo und wie der Orkan auf das Internat treffen wird, und B) ist das Durchkommen später vielleicht schwirig.«

»Sehr gut«, lobte Herr Ringstrøm. »Legen wir los.«

In dem Moment zuckte ein greller Blitz über den Himmel und tauchte den Laborraum in ein gespenstisches Licht. Dann wurde es dunkel.

»Das geht ja schneller als befürchtet«, murmelte Flo und band sich ihre Stirnlampe um den Kopf. Zusammen mit zwei Helferinnen aus der Technik-Gruppe marschierte sie hinaus in den Sturm.

Nachdem sie das erste schwere Notstrom-Aggregat zur Küche geschoben hatten, brauste ihnen der Wind noch ungestümer um die Ohren. Die alten Bäume beugten ächzend ihre Kronen, der Wetterhahn über dem Speisesaal wirbelte hysterisch von rechts nach links, und es toste so laut, dass Flo nicht mehr verstand, was ihre Helferinnen ihr zuriefen. Mit Handzeichen gab sie knappe Anweisungen. Ihnen blieb nicht mehr viel Zeit. Die Abstände zwischen Blitz und Donner wurden immer kürzer – und das bedeutete, dass der Orkan in rasender Geschwindigkeit näher kam.

Flo und ihr Team gelang es noch, eines der Stromgeräte in die Bibliothek zu schleppen, dann begannen die Glocken der Kapelle wild zu läuten. Höchste Alarmstufe! Jetzt mussten sie auf der Stelle in ihre Notquartiere abtauchen. Flo gab ihren Helferinnen ein Zeichen, dann rasten sie los.

Die Quartiere der fünften Klassen befanden sich in den mittelalterlichen Vorratskellern unter dem Innenhof. Die Einstiegsluken lagen verdeckt zwischen Rosenbeeten, und Flo musste nur über die halbhohe Mauer des Kreuzgangs springen, dann waren es keine zwanzig Meter mehr. Doch die hatten es in sich: Kaum war sie im Hof gelandet, peitschte ihr der Regen ins Gesicht. Innerhalb von Sekunden war sie nass bis auf die Haut. Abgerissene Äste und Ziegel krachten rechts und links neben ihr in die Beete. Flo legte schützend einen Arm über den Kopf und ging auf die Knie. Flach über dem Boden krabbelte sie auf allen vieren weiter. Das Donnergrollen dröhnte ihr in den Ohren, und am liebsten wäre sie umgedreht. Aber dann würden Pina und Blanca sich bestimmt aufmachen, um sie zu suchen! Und damit gerieten auch sie in Gefahr! Endlich entdeckte Flo zwischen den zerfetzten Rosensträuchern die Luke zu ihrem Kellerquartier. Sie packte den Griff, hob die Eisenklappe, schlüpfte durch den Spalt und ließ sich hinab in die Tiefe fallen.

»Endlich!«, rief Pina. Sie kletterte auf Blancas Schultern und verriegelte die Klappe.

Erschöpft plumpste Flo auf eine der Bänke. Ein Schauer schüttelte ihren Körper.

»Zieh die nassen Klotten aus und wickel dich in eine Decke!«, befahl Blanca. Flo streifte die durchgeweichten Leggings ab und zog ihr langes Sweatshirt über den Kopf. Dann kuschelte sie sich in die Fließdecke, die ihr Pina reichte. Im Kerzenschein der kleinen Laternen sah sie die anderen Mädchen. Stumm hockten sie auf den Bänken und lauschten dem Orkan, der über ihnen durch das Matilda tobte. Immer wieder entlud sich das Grollen in einem explosionsartigen Krachen. Dann hörten sie Scheiben klirren und Holz zersplittern. Ängstlich rückten die Mädchen zusammen. Nur Blanca schien das Ganze nicht viel auszumachen. Empört schüttelte sie den Kopf.

»Das Wetter macht mal wieder auf dicke Windhose! Genau wie damals der Hurrikan auf St. Lucia, als ...« Flo warf ihr einen mahnenden Blick zu. Auf gar keinen Fall durfte sie jetzt eine von ihren Seeräuber-Unwetter-Geschichten zum Besten geben! Da gerieten die anderen doch erst recht in Panik!

»Pina, erzähl uns eins von deinen indianischen Märchen«, bat Flo darum schnell. Pina lehnte sich zurück, schloss die Augen und begann mit ihrer schönen, warmen Stimme die Geschichte von der Tochter der Sonne zu erzählen. Und bald vergaßen sie den tobenden Sturm und das wüste Krachen um sich herum.

Kapitel
Zwei

Als Flo erwachte, hörte sie weder Wind noch Donner, es war vollkommen still. Sie stützte sich auf die Ellenbogen und blinzelte in die Dunkelheit.
»Pina? Blanca?«
Aus der Tiefe des Kellergewölbes drang ein Gähnen. Dann flammte eine Taschenlampe auf.
»Ist schon Morgen?«, fragte Pina und reckte sich.
»Keine Ahnung.« Flo sprang auf die Füße. »Aber wir können raus und nachsehen! Los, helft mir mal.«
»Zum stinkenden Heringskopf! Ich hoffe, ihr habt einen guten Grund, mich jetzt schon aus der Koje zu werfen!«, fluchte Blanca.
Flo grinste. »Heute wieder Piraten-Jammer? Oder schaffst du noch eine Räuberleiter?«
Blanca rappelte sich auf. »Komm du erst mal aus deiner quietschenden Rüstung, Rittertochter! Los! Drei-Mann-hoch!« Blanca ging in die Hocke und ließ Pina auf ihre Schultern steigen, dann kletterte Flo an den beiden hinauf und setzte sich auf Pinas Schultern. Sie fasste den Griff der Klappe, ruckelte an dem verrosteten Haken, es polterte,

dann sprang die Luke auf. Vorsichtig streckte Flo den Kopf nach draußen und blinzelte in das Sonnenlicht.

Und was sie dann sah, verschlug ihr für einen Moment den Atem: Das Dach des Torhauses war abgedeckt, die Tür des Refektoriums hing nur noch in einer Angel, die meisten Fenster waren zersplittert, und viele der verzierten Säulen lagen in Trümmern auf dem Boden des Kreuzgangs. Überall waren Laub, Äste und Unmengen von Schlamm. Das Matilda war vollkommen verwüstet.

»Macht euch auf das Schlimmste gefasst«, warnte Flo und kletterte ins Freie. Dann reichte sie Pina eine Hand und zog sie hinauf.

»Oh, was hast du getan, Bruder Wind?«, seufzte Pina. »Selbst der stärkste Krieger vermag nichts gegen deine Kraft.«

»Hey, reicht lieber mal eure Flossen runter«, schimpfte Blanca. »Schlaue Indianersprüche könnt ihr dann immer noch klopfen!«

Flo und Pina legten sich auf den Bauch und streckten die Arme hinab. Blanca packte ihre Hände, sprang schwungvoll ab und kam mit den Füßen zuerst durch die Luke geschossen. Dann schüttelte sie ihre rote Lockenmähne und sah sich um. »Das haut ja den härtesten Matrosen von der Planke!«

»So kann man es auch sagen«, murmelte Flo und stieg über die Reste der kleinen Mauer in den Kreuzgang.

»Guckt mal!« Pina deutete auf die andere Seite des Innenhofs. Dort trat Direktorin Petronova aus der Kapelle und taxierte mit scharfem Blick das Ausmaß der Zerstörung. Trotz einer Nacht im Notkeller saß ihr schwarzes Kleid perfekt, und aus ihrem streng gebundenen Knoten hatte sich nicht ein einziges Haar gelöst. Hinter Petronova stolperte Madame über das Geröll.

»Oh weih, oh weih, oh weih«, jammerte die kleine, runde Hausmutter. »Ich glaube, das ist die schlimmste Katastrophe, die in den letzten tausend Jahren über das Matilda hereingebrochen ist.«

»Nun, ich denke, die Pest und die Erdrutsche im siebzehnten Jahrhundert waren auch kein Zuckerschlecken«, entgegnete die Direktorin. »Haben Sie Ringstrøm gesehen?«

»Ich werde mich sofort auf die Suche machen.«

»Nein. Sie versammeln die Schülerinnen im Außenring und lassen durchzählen.« Dann fuhr die Direktorin mit einer blitzschnellen Bewegung herum. »Florence! Pina! Blanca!«

»Sie würde uns auch im Dunkeln zehn Meter unter der Erde entdecken«, wisperte Flo. »Kommt!«

Als sie bei der Direktorin ankamen, waren ihre Schuhe vom knöchelhohen Matschwasser komplett durchweicht, und bei jedem Schritt gab es ein lautes Schmatzgeräusch. Petronova hob eine Augenbraue und durchbohrte sie mit ihrem Röntgenblick, doch dann huschte ein millisekundenkurzes Lächeln über ihre Lippen.

»Wie ich sehe, geht es euch dreien gut. Sucht bitte Herrn Ringstrøm. Er soll das Strategie-Team im Kapitelsaal versammeln.« Dann marschierte sie auf ihren hochhackigen Stiefeletten so lässig durch den Matsch davon, als sei nichts passiert.

»Wahrscheinlich würde sie nicht mal mit der Wimper zucken, wenn die Welt untergehen würde«, flüsterte Pina. Flo nickte, doch überrascht war sie nicht. Schließlich munkelte man, dass Petronova keine normale Schuldirektorin war – sondern eine untergetauchte Spionin. Aber das war natürlich nur eins der vielen sagenumwobenen Gerüchte im Matilda.

Während sie nun losausten, um den alten Strategie-Lehrer zu suchen, flogen nach und nach auch die anderen Kellertüren und -klappen auf, und Schülerinnen und Lehrer schlüpften hinaus in die Sonne. Vor dem Speisesaal stießen sie auf Minerva, Olga, Min-Hai und Abeba. Zum Glück hatten sie die Sturmnacht ebenfalls gut überstanden.

»Hat jemand von euch schon Charly gesehen?«, fragte Flo und sah sich um.

»Auweia-Spiegeleier!«, schrillte da ein spitzer Ruf durch den Innenhof.

»Wenn man vom Teufel spricht«, grinste Blanca.

Charly schlitterte heran und fiel Flo um den Hals. »Bist du froh, mich zu sehen, Flo-Popo?«

»Und wie«, rief Flo. »Wo warst du?«

»Die Drittklässler mussten mit den Lehrern in den Braukeller. Mann, war das öde. Tschau-Kakao!« Damit rutschte Charly wieder davon, und Flo, Pina und Blanca stapften weiter durch den Matsch in den hinteren Teil des Internats.

Hier hatte der Sturm noch schlimmer gewütet. Fassungslos sah Flo an den alten Mauern hinauf. »Im Nordtrakt sind alle Fenster zerbrochen! Da kann kein Mensch mehr schlafen!«

Plötzlich wurde Blanca blass um die Nase. »Oh nein! Das Planetarium!« Flo und Pina drehten sich um. Und jetzt sahen auch sie den riesigen Baumstamm, der aus der schönen halbrunden Kuppel der Sternwarte herausragte.

»Kann man so ein Kugeldach überhaupt reparieren?«, fragte Pina.

»Ich fürchte, das Planetarium muss von Grund auf erneuert werden«, antwortete da Herr Ringstrøm und trat mit einem Klemmbrett aus der Tür des Exploratoriums. »Habt ihr alles gut überstanden?«

Flo nickte. »Alles in Ordnung. Direktorin Petronova sucht Sie. Sie sollen –«

»Die ersten Strateginnen unseres Teams sichten und notieren bereits das Ausmaß der Schäden. Wenn du, Florence, bitte den Osttrakt übernehmen würdest? Dort befindet sich doch auch eure Schlafstube, oder?«

Flo nickte.

»Wir helfen ihr!« Pina sprang neben Flo und legte ihr einen Arm um die Schultern.

»Sehr gut.« Herr Ringstrøm nickte zufrieden. »Wir treffen uns in einer Stunde im Kapitelsaal, aber schaut nicht auf die Turmuhr – die ist stehen geblieben!«

Hintereinander kraxelten Flo, Pina und Blanca die dreckverschmierte Steintreppe des Osttrakts hinauf, bis ganz nach oben, wo sich ihre Schlafkammer befand. Schon von Weitem sahen sie, wie dicker brauner Schlamm aus der offen stehenden Zimmertür quoll. Vorsichtig schlidderte Flo den Flur entlang, dann holte sie tief Luft und bog in ihre Schlafstube. Für einen Moment glaubte sie, jemand hätte ihr eine Fuhre Matsch ins Gesicht geschleudert: Alles in ihrem Zimmer war von einer braunen Schicht überzogen! Selbst die roten Samtvorhänge der Himmelbetten waren kackbraun!

Aus dem Bettzeug triefte eine dreckige Brühe, und ihre Kleidung und Bücher schwammen in einer erdigen Soße auf dem Boden.

»Uns geht es gut«, sagte Flo tapfer. »Wir sind nicht verletzt. Es könnte alles viel schlimmer sein.«

Pina und Blanca nickten stumm. Für einen Moment fehlten ihnen die Worte. »Kommt!« Flo gab ihren Freundinnen einen aufmunternden Stupser. »Sammeln wir ein, was man noch gebrauchen kann.« Damit stapfte sie zu ihrem Schreibtisch und wühlte einen durchweichten Block aus der Schublade.

»Mein hirschledernes Hemd ...« Traurig zog Pina ein besticktes Oberteil aus der Dreckbrühe. »Es gehörte meiner Mutter ...«

Flo legte ihrer Freundin einen Arm um die Schultern. »Wir kriegen das bestimmt wieder hin. Vielleicht kann man es reinigen? Oder vorsichtig mit der Hand waschen?«

Pina presste die Lippen aufeinander und zuckte mit den Schultern. Flo strich ihr mitfühlend über den Kopf. Sie wusste, wie sehr Pina an den wenigen Dingen hing, die ihr von ihren Eltern geblieben waren.

»Geht schon«, flüsterte Pina. »Und du hast recht: Wir sollten froh sein, dass uns nichts passiert ist.«

Flo drückte noch einmal ihre Hand, dann notierte sie auf ihrem Block: »Osttrakt, dritter Stock, Gang hinten rechts: unbewohnbar.«

»Naaa ja ...«, warf Blanca ein, während sie einen riesigen Überseekoffer auf die dreckverschmierte Matratze ihres Bettes wuchtete. »Man könnte ein paar Hängematten aufhängen und die Fenster verbrettern und mit Teer bestreichen.«

Flo verdrehte die Augen. »Blanca, wir sind hier nicht auf einer Piratenschaluppe! Wir müssen das richtig reparieren. So komische Übergangslösungen kosten nur unnötig Zeit und Geld.«

»Jawohl, Frau Chefplanerin«, sagte Pina und kramte ihren Bogen samt Pfeilen und Köcher aus dem Schrank. Wie durch ein Wunder waren sie nicht von der Matschwelle herausgespült worden. Außerdem fand sie für alle noch brauchbare Gummistiefel, die sie gegen ihre nassen Schuhe tauschten.

»Zum dreiäugigen Klabautermann!«, jubelte Blanca da und zog ihr Laptop aus dem Riesenkoffer. »Nicht einmal ein Kratzer!«

Im selben Moment hörten sie von der anderen Seite des Flurs einen lauten Aufschrei. »Meine Designer-Tasche aus Paris!«

»Uaaah! Meine handgenähten Stiefel mit den Glitzersteinchen hat es auch erwischt!«

»Cilly und Lilly«, stöhnte Flo. »Los, gucken wir uns erst mal den Rest der Zimmer an, damit Ringstrøm einen Überblick bekommt.«

Sie überquerten den Flur und traten in die gegenüberliegende Schlafstube, wo zwei Blondinen hektisch teure Markensachen auf einem Schreibtisch stapelten. »Drama!«, quietschte Lilly.

»Als Drama würde ich den Zustand unseres Internats bezeichnen«, stellte Flo trocken fest.

Wutentbrannt streckte Cilly ihr eine weiße Handtasche mit Goldschnallen entgegen, die mit braunen Matschflecken besprenkelt war. »Das ist ein Einzelstück! Ein persönlicher Entwurf von Marc Jacobs!«

»Und?«, brummelte Blanca. »Dann strickst du dir halt 'ne neue!«
»Du ungehobeltes, stilloses –«
»Sucht euch lieber ein paar Gummistiefel, und dann brauchen wir euer Talent«, unterbrach Flo. »Ich fürchte, jede Menge Stromleitungen sind zerstört. Die müsst ihr wieder hinkriegen.«
Lilly stemmte ihre Arme in die Seite. »*Du* musst uns ganz bestimmt nicht daran erinnern, unsere Pflicht zu erfüllen!«
Bevor Flo etwas Wütendes erwidern konnte, fragte Pina sanft: »Braucht ihr noch Hilfe?«
Lilly zog eine Augenbraue hoch und ließ ihren Blick über Pinas Lederhemd und die Fransenhose schweifen. »Von dir? Pffft! Nein, danke!«
»Dämlich wie Seetang«, sagte Blanca und zog Pina aus dem Zimmer. »Wenn sie nicht so wahnsinnig gut in Elektro- und Lasertechnik wären, dann würde ich sie jetzt echt über Bord schubsen.«

Eine Dreiviertelstunde später sausten sie mit einem Block voller Notizen in den Kapitelsaal. Herr Ringstrøm stand in der Mitte des Raumes vor einer altmodischen Tafel und notierte die Schäden.
»Wir haben siebenundachtzig kaputte Fenster und sechzehn zerstörte Türen gezählt – und wir haben kein einziges Bett gefunden, das nicht durchnässt oder zerstört ist«, berichtete Flo.
»Dafür gab es ungefähr drei Schiffsladungen Modder«, fügte Blanca hinzu.

»Sind denn wenigstens ein paar Decken zu gebrauchen?«, fragte Herr Ringstrøm.

»Höchstens die Hälfte«, schätzte Pina, »und feucht sind die auch.«

»Es gibt aber auch gute Nachrichten.« Wie aus dem Nichts stand Direktorin Petronova hinter ihnen. »Alle Schülerinnen und das gesamte Personal haben die Sturmnacht unbeschadet überstanden.«

»Das ist das Wichtigste!« Herr Ringstrøm atmete erleichtert auf, doch dann zerfurchten wieder tiefe Falten seine Stirn. »Leider kann ich das von unseren Gebäuden nicht behaupten: Die meisten Klassenzimmer sind nicht nutzbar. Alle Dächer sind mehr oder weniger beschädigt. Die Gewächshäuser, die Wetter- und die Krankenstation sind vollkommen zerstört. Überall gibt es zerbrochene Fenster, und Teile der Wasser- und Stromleitungen funktionieren nicht mehr. Lediglich die Sporthallen, der Südtrakt mit den Lehrerzimmern und die Gebäude rechts der Kapelle sind verschont geblieben. Dort sollten wir unsere Notunterkünfte einrichten.« Er warf einen Blick auf seine goldene Taschenuhr. »In der nächsten Stunde sollte das Pumpwerk laufen. Am WLAN arbeiten wir, einen Überblick über die Höhe des Schadens –« Petronova hob eine Hand, und Herr Ringstrøm schwieg. »Es ist ganz gleich, wie hoch die Kosten sind ...«, sagte sie mit leiser Stimme. »... denn unsere Kassen sind leer.«

»Was?«, platzte Flo heraus.

»Das war nicht für eure Ohren bestimmt!« Die Direktorin feuerte einen strengen Blick in Flos Richtung. Dann wandte sie sich wieder an Herrn Ringstrøm. »In einer Stunde trifft sich das Lehrerkollegium. Dann werden wir weitersehen.« Damit verließ sie den Saal.

»Pleite?!«, stellte Blanca tonlos fest.

»Wie kann das sein?«, grübelte Pina.

Flo sah der davoneilenden Direktorin hinterher. »Keine Ahnung ... Aber anstatt uns den Kopf zu zerbrechen, *wieso* die Kassen leer sind, sollten wir lieber überlegen, wie das Problem zu lösen ist!« Sie winkte ihre Freundinnen dicht heran. »Und dafür brauchen wir als Allererstes mehr Fakten, Blutsschwestern!!«

Kapitel
Drei

»Kannst du nicht aufpassen?!«, motzte Blanca.
»Ich seh ja nichts!«, schimpfte Flo zurück.
»Weniger Donner im Mund, mehr Blitz in der Hand!«, mahnte Pina und kroch an den beiden vorbei, weiter durch den dunklen Schacht in der Zwischendecke. »Wir sollten uns lieber beeilen, sonst ist die Versammlung vorbei, bevor wir das Lehrerzimmer erreicht haben.«
Gleich nachdem sie alle brauchbaren Decken und Matratzen aus dem Osttrakt geschleppt hatten, um im Fechtsaal eine Notunterkunft für die fünften Klassen einzurichten, waren sie heimlich entwischt und in den Luftschacht geklettert. Der enge Gang über dem Lehrerzimmer war nämlich das beste Versteck, um die Besprechung des Kollegiums zu belauschen. Schließlich mussten sie wissen, wie es jetzt mit dem Matilda weitergehen sollte!
»Wenn sie den Laden hier nicht mehr flottkriegen – wollen sie ihn dann dichtmachen?«, fragte Blanca besorgt.
»Ich werde auf gar keinen Fall auf eine andere Schule gehen!«, verkündete Flo. »Lieber lerne ich draußen bei minus dreißig Grad oder unter einem Regenschirm, als dass –«

»Pscht!« Pina hatte mit ihren feinen Ohren ein Geräusch aufgeschnappt. »Wir müssten gleich über dem Lehrerzimmer ankommen. Ich höre was.«

So leise sie konnten, krochen sie weiter, und nach ein paar Metern vernahmen sie tatsächlich die Stimme der Direktorin: »… der Einbau der neuen Heizungsanlage im letzten Winter hat unsere letzten Reserven verschlungen. Außerdem fehlt es an Spenden.«

»Aber wir haben doch Einnahmen?!«, japste da eine wütende Stimme. »Schließlich zahlen die Schülerinnen Schulgeld!«

Flo spähte durch einen kleinen Riss im Boden des Schachts.

»Das war Richter, dieser Schmierlappen!«

»Viele unserer Schülerinnen sind nicht in der Lage, das Schuldgeld aufzubringen«, erklärte Petronova ruhig. »Das Geld, das wir einnehmen, reicht gerade so, um das Internat am Laufen zu halten.«

Nun brandete Gemurmel im Saal auf.

»Dann können wir eben nicht mehr so viele arme Schülerinnen aufnehmen!«, keifte Geschichtslehrerin Wullenstein. Blitzschnell drehte sie ihren kleinen Kopf hin und her, sodass ihr Schildkrötenhals noch mehr Falten schlug als sonst.

»Oder wir nehmen einfach noch ein paar zahlungskräftige Mädchen dazu, die das ausgleichen«, versuchte Fechttrainerin Smith mit ihrer dröhnenden Stimme die aufgeheizte Stimmung zu beruhigen.

»Wir platzen doch schon aus allen Nähten!«, ereiferte sich Handarbeitslehrerin Silk. Vor Aufregung bebte sie am ganzen Körper, und ihre Haare elektrisierten sich an der selbst gefilzten Weste.

»Eben!«, schoss Exploratorium-Chef Richter wieder aus seiner Ecke und schnappte nach Luft. »Am besten schmeißen wir diese Nichtzahler raus und schaffen Platz für Mädchen, die zahlen können!«
Plötzlich wurde es mucksmäuschenstill, und Flo hätte ihre Reitstiefel verwetten können, dass Petronova einen ihrer berühmten eiskalten Blicke in die Runde geschleudert hatte.
»Diese Nichtzahler …«, sagte sie mit grabesruhiger Stimme, »… sind begabte Mädchen, deren Familien durch Flucht oder Krieg alles verloren haben. Manche sind Waisen, andere einfach bettelarm – oder wurden in Ländern geboren, in denen es kein Recht auf Bildung für Mädchen gibt!«
»Dann müssen sie sich halt ein Stipendium oder einen reichen Gönner besorgen oder –«
»Ich werde den Anspruch unserer Schule nicht senken, nur um reichen Töchtern Platz zu machen«, unterbrach Petronova. »Und ich werde diese talentierten, aber mittellosen Mädchen nicht im Stich lassen, nur um ein dickes Polster auf dem Schulkonto zu haben!«
»Dann müssen Sie sich fragen, ob Sie die richtige Frau am richtigen Ort sind«, entgegnete Richter eisig. »Denn *so* werden Sie unser Internat in den Ruin treiben!«
Flo quetschte sich noch näher an den Spalt. Jetzt sah sie, wie Herr Ringstrøm empört aufsprang. »Ich schäme mich für Sie, Herr Kollege!«, brauste der alte Lehrer auf. »Diese Schule hat Ideale! Und wenn Sie die nicht teilen, sollten Sie überlegen, ob *Sie* hier am richtigen Platz sind!«
Fechttrainerin Smith hob eine Hand. »Wie Sie alle wissen, bin ich als Waisenkind in einem Heim groß geworden. Trotz-

dem wurde ich gefördert und bekam eine Chance auf gute Bildung. Ganz nebenbei bin ich Schulweltmeisterin im Fechten geworden. Von dem Preisgeld konnte meine Schule damals eine neue Sporthalle bauen. Meine Lehrer haben auf mein Talent vertraut – und die Gemeinschaft ist dafür belohnt worden!«

»Wusstet ihr das?«, wisperte Pina.

Flo schüttelte den Kopf.

Nun meldete sich Sternenkundlerin Santiago zu Wort und strich sich mit dramatischer Geste über ihren silbrigen, punkigen Bürstenschnitt: »Ich stimme Ihnen zu, Frau Kollegin. Talent sollte gefördert werden!«

»Auch wenn es bedeutet, dass die Schule dann geschlossen werden muss, weil wir pleite sind?!«, quakte es aus der anderen Ecke.

»Diese Wullenstein ist so eine Hexe!«, brauste Flo auf, und Pina hielt ihr schnell eine Hand vor den Mund. »Schscht!«

Herr Richter klopfte mit der Faust auf den Tisch. »Ich möchte einen Antrag stellen, Frau Direktorin. Entweder Sie präsentieren uns innerhalb von vier Wochen eine Lösung, wie Sie das Internat wieder auf Zack bringen – oder Sie räumen Ihren Stuhl.«

»Und dann?«, schnaubte Dr. Polung, ein Mann mit wirren blonden Haaren, der immer aussah, als hätte er gerade in eine Steckdose gefasst. »Wollen Sie die Schülerinnen nach Hause schicken und das Internat schließen?!«

»Wenn es sein muss, ja, dann sollten wir das zunächst tun«, entgegnete Richter und hustete heftig. »– um anschließend mit einer vernünftigen Führung neu zu starten.«

Dr. Polung schüttelte aufgebracht den Kopf, dann drehte er sich mit einer kleinen Verbeugung zu Petronova. »Wenn es nötig ist, Frau Direktorin, werde ich vorübergehend auf mein Gehalt verzichten.«

»Ooooh, wie ritterlich!«, quakte Frau Wullenstein. »Ich nicht! Ich möchte dem Antrag von Kollege Richter folgen und abstimmen! Jetzt sofort!«

Direktorin Petronova nickte unbeeindruckt. »Selbstverständlich. Madame Maseleige wird alles vorbereiten und den Wahlkasten aufstellen. Sie wird auch die Elternvertreter und den Rat der ehemaligen Schüler informieren, damit sie online abstimmen können. Wir treffen uns in zwei Stunden zur Auszählung der Stimmen wieder.« Damit verließ sie den Saal.

Kaum war die Tür hinter ihr ins Schloss gefallen, bildeten sich unter den Lehrern drei Grüppchen. Eine Traube scharte sich um Richter – das waren Petronovas Gegner. Ihre Befürworter sammelten sich um Herrn Ringstrøm, Dr. Polung und Mrs Smith. Dazwischen standen die, die keine Meinung hatten.

»Richter, Wullenstein, Silk – oh!«, unterbrach sich Flo. »Guckt euch das an!«

»Gern!« Blanca schubste Flo von dem Guckloch weg und spähte selbst hinunter ins Lehrerzimmer. »Die Ungut-Drüber stellt sich auch zu den Meuterern ...«

»Kommt jetzt!«, flüsterte Pina. »Die übermütigen Eichhörnchen sind die Ersten in der Falle des Häschers!«

»Fällt dir keine Indianer-Weisheit ein, wie wir Petronova helfen und das Internat retten können?«, fragte Flo.

»Ich weiß eine«, rief Blanca. »Meutern die Matrosen auf dem Kutter, freu'n sich die Haie auf mehr Futter!«

Plötzlich wurde es unten im Lehrerzimmer still. Pina warf Blanca einen vorwurfsvollen Blick zu und legte einen Finger auf die Lippen.

»Da war doch was?«, hörten sie Herrn Richter japsen.

»Wahrscheinlich sind Laub und Geröll in die Luftschächte gedrungen«, gackerte Frau Ungut-Drüber.

»Wahrscheinlich«, hüstelte Richter. »Also: Wie verhindern wir, dass Direktorin Petronova weiterhin Schmarotzer aufnimmt und unser schönes Internat ruiniert?«

»Raus hier!«, formte Pina stumm mit ihren Lippen und schlich so geräuschlos wie eine Präriekatze den Schacht zurück.

»Schmarotzer?! Schule schließen?!« schimpfte Flo, als sie sich aus der engen Luke des Luftschachts quetschten und in den Kreuzgang sprangen. »Als wenn der Orkan nicht schlimm genug war! Wieso müssen die jetzt auch noch einen Krieg von der Zinne brechen!«

Pina zuckte ratlos mit den Schultern. »Ich verstehe das auch nicht! Warum wollen die plötzlich Petronova absägen?! Sie kann doch nichts für diese Naturkatastrophe!«

»Wahrscheinlich haben die nur auf so etwas gewartet!«, grummelte Flo. »Die haben sich bestimmt schon vorher zusammengetan, und jetzt wittern sie Morgenluft!«

Blanca kniff ihre Augen zu kleinen Schlitzen zusammen. »Hinter jeder Meuterei steckt einer, der die Macht an sich reißen will!«

»Aber wer?!«, überlegte Flo laut.

Blanca warf ihre Lockenmähne zurück. »Vielleicht will Richter selbst Direktor des Matildas werden?«

Flo schüttelte den Kopf. »Das dürfen nur ehemalige Schülerinnen.«

»Die Wullenstein fällt auch raus, die war nicht hier auf der Schule«, warf Pina ein.

»Moment!« Flo stockte. »Silk und Ungut-Drüber sind auch keine Matilden!«

Blanca zog eine Augenbraue hoch. »Tja, dann gibt es wohl irgendjemanden im Hintergrund, der die Fäden zieht.«

Flo stemmte resolut die Hände in die Seiten. »Wir müssen schnellstens herauskriegen, *wer* sich hier den Chefposten unter den Nagel reißen will – sonst gibt es eine Mega-Katastro –«

»Hey! Wo wart ihr die ganze Zeit?!«

Flo, Pina und Blanca fuhren erschrocken herum. Vor ihnen stand Nour vom Strategie-Team und kochte vor Wut. »Florence Orkney, du und deine Freundinnen sollten das Notquartier für die Fünften einrichten!«

»Wir haben doch alles Brauchbare aus dem Osttrakt in den Fechtsaal geschleppt!«, verteidigte sich Flo.

»Ach ja?! Und habt ihr auch Plätze zugeteilt? Weiß jeder, wo er heute Nacht schläft?!«

»Nein«, gab Flo kleinlaut zu.

Nour blitzte sie streng an. »Du bist doch sonst nicht so lahm! Hier ist eine Liste mit den Namen. Jetzt mach hin!« Dann deutete sie mit dem Kinn zu Pina und Blanca. »Und ihr beide helft ihr!«

»Gebt Gas!«, rief Flo, als sie zum Fechtsaal pesten. »Wir müssen das ruck, zuck durchziehen, sonst schaffen wir es nicht, rechtzeitig zur Stimmen-Auszählung überm Lehrerzimmer zu sein!«

Doch leider stellte sich die Betten-Einteilung im großen Fechtsaal schwieriger dar als gedacht: Mal konnte eines der Mädchen nur schlafen, wenn es die Tür im Blick hatte, die Nächste schlummerte ausschließlich mit nach Osten zeigenden Füßen. Cilly wollte auf keinen Fall neben Olga liegen, Minerva bekam Kopfschmerzen von Lillys Parfümwolke. Außerdem waren alle gereizt, weil sie in der Sturmnacht kaum geschlafen hatten, und jede vermisste irgendetwas, das in den Schlamm-Massen verloren gegangen war. Flo war kurz davor zu explodieren. »Wenn jetzt noch eine heult oder meckert, dann flippe ich aus!«
Pina machte ein beschwichtigendes Zeichen. »Der Mond lässt sich so wenig antreiben, wie die Sonne sich bremsen lässt. Also: Es geht keine Sekunde schneller, wenn du dich aufregst.«
»Du hast ja recht«, schimpfte Flo und schleppte den Schlafsack von Abeba ans andere Ende des Fechtsaals, damit sie nach dem ganzen Hin und Her wieder neben Min-Hai schlafen konnte.
»Wenn das so weitergeht, sehe ich Totenkopf-Fahnen-Schwarz für unsere Lauschaktion«, stöhnte Blanca. Und leider behielt sie recht: Als sie endlich alle achtundfünfzig Mädchen samt Decken auf die Feldbetten verteilt hatten, waren die zwei Stunden längst vergangen.

Missmutig ließ Flo sich auf einen der Strohsäcke fallen, die am Ende für sie übrig geblieben waren. »Toll! Wie kriegen wir jetzt raus, was die Abstimmung gebracht hat?«
»Du quetschst Ringstrøm aus«, schlug Pina vor. »Das kriegst du hin. Schließlich bist du seine Lieblingsschülerin.«
Flo rappelte sich von ihrem Strohsack wieder hoch. »Kommt ihr mit?«
»Moo-ment.« Ganz entspannt knotete Blanca ein Seil um die Ecke ihrer Zudecke.
Flo verdrehte die Augen. »Was machst du da?«
»*Ihr* könnt ja wie die Mäuse im Stroh schlafen – ich baue mir eine Hängematte!«
»Später«, entschied Flo und marschierte los.

Sie fanden Herrn Ringstrøm am Torhaus, wo er auf seinem Klemmbrett weitere Schäden aufnahm. »Wir werden morgen mit den Aufräumarbeiten beginnen«, sagte er, ohne aufzuschauen. Flo schluckte, denn wenn Herr Ringstrøm ihr nicht in die Augen sehen konnte, dann bedeutete das nichts Gutes. Also beschloss sie, gleich wie ein Raubritter in die Burg einzufallen: »Wie ist die Abstimmung gelaufen?«
Herr Ringstrøm sah ruckartig auf. »Woher …? Ihr habt gelauscht!«
»Wir mussten doch wissen, was los ist!«, verteidigte sich Flo.
Herr Ringstrøm atmete tief aus und strich sich durch das weiße Haar. »Die Mehrheit hat Richters Antrag zugestimmt: Wenn unsere Direktorin das Problem nicht innerhalb von vier Wochen löst, dann muss sie gehen und das Matilda schließen.«

»Verrat!«, brüllte Blanca.

Pina schüttelte den Kopf »Ich fasse einfach nicht, dass über die Hälfte der Lehrer gegen Petronova sind!«

Herr Ringstrøm seufzte. »Sind sie auch nicht. Es waren hauptsächlich die Elternvertreter und die Ehemaligen, die online gegen sie abgestimmt ...«

»Das glauben Sie doch nicht wirklich?!«, rief Flo. »Richter, dieser miese Verräter, hat da doch was gedreht! Der hat das manipuliert!«

Herr Ringstrøm hob eine Braue. »Haben wir Beweise, Fräulein Orkney?«

»Nein ... natürlich nicht«, stammelte Flo. »Aber glauben *Sie* an einen Zufall, wenn das Ergebnis genau so ausfällt, wie unser *Technik*-Experte Richter es haben will? Ich meine, wenn jemand so eine Online-Abstimmung verfälschen kann – dann er!«

Ringstrøm nickte. »Ja, das mag sein. Aber nach unserem tausend Jahre alten Schulgesetz ist eine Abstimmung – ob online oder per Handzeichen – nicht mehr rückgängig zu machen.«

Flo spürte, wie ihr schwindelig wurde. »Das heißt, wenn Petronova nicht blitzschnell eine Lösung findet, dann ist hier alles vorbei?!«

Herr Ringstrøm nickte. »Ja. Ich fürchte, ja.«

Kapitel
Vier

Niedergeschlagen schlappten Flo, Pina und Blanca zum Abendessen in den Speisesaal. »Wenigstens das funktioniert noch«, seufzte Flo und deutete zu dem Fließband, das sich kreuz und quer durch das mittelalterliche Gewölbe schlängelte und die Speisen an die langen Tafeln brachte. Unverdrossen transportierte es Brot, Salate und Suppen zu den Schülerinnen, während der Wind an den Planen vor den notdürftig geflickten Fenstern ruckelte. Flo ließ ihren Blick über die Tische schweifen, an denen Mädchen aus allen Ländern der Welt saßen. Konnte sie sich ein Leben ohne das Matilda vorstellen? Ohne ihre Freundinnen? Wenn das Internat schloss, würde jede in ihre Heimat zurückkehren und auf eine stinknormale Schule gehen. Kein Strategie-Unterricht mehr, kein Fechten, kein Experimentieren im Exploratorium, keine Stern-Beobachtungen, keine Pferde, keine Geländespiele ... Flo rutschte auf die Bank und sah Pina und Blanca entschlossen an. »Wir müssen rauskriegen, wer hinter dieser fiesen Intrige steckt! Wir müssen beweisen, dass Petronova die Lage im Griff hat, und wir müssen dafür sorgen, dass hier so schnell wie möglich alles wiederaufgebaut wird!«

»Und wie, wenn die Kassen leer sind?!« Ratlos stocherte Pina in ihrem Salat, dann sah sie zu Blanca. »Oder habt ihr vielleicht noch irgendwo einen Piratenschatz liegen?«

»Nö«, antwortete Blanca mit vollem Mund. »Und wenn, dann hätten wir den längst gehoben und uns die Zahnputzbecher vergoldet.«

»Wir müssen die anderen einweihen«, beschloss Flo und rückte ans andere Ende der Bank zu Min-Hai, Abeba, Olga und Minerva. »Hey«, raunte sie. »Es gibt ein Problem. Wenn wir hier weiter zur Schule gehen wollen, müssen wir Petronova helfen und Geld für die Reparaturen besorgen!«

Min-Hai ließ erstaunt ihren Löffel sinken. »Ist die Schule denn nicht versichert?«

»Die haben doch etwas gespart und zurückgelegt, oder?«, rief Olga die Tafel herunter.

Flo legte einen Finger auf die Lippen, dann schüttelte sie den Kopf. »Die Schule ist pleite.«

Einen Moment starrten ihre Klassenkameradinnen stumm auf die Tischplatte, dann hob Minerva verzagt den Kopf. »Vielleicht könnte man alle Ehemaligen anschreiben und um Hilfe bitten?«

»Das wird Petronova sowieso tun«, sagte Pina. »Aber –«

»Wir brauchen einen großen Haufen Zaster«, fiel Blanca ihr ins Wort. »Und zwar ganz schnell.«

»Lotto spielen?«, fragte Min-Hai, und Abeba schlug vor: »Es gibt doch so Fernsehsendungen, wo man antreten und Geld gewinnen kann?«

»Wenn es schnell gehen muss, dann sollten wir vielleicht eine Bank überfallen?«, grinste Olga.

»Das ist kein Spaß!«, mahnte Flo und sah beunruhigt zum Tisch der Lehrer, wo Richter und seine Verbündeten die Köpfe zusammensteckten. Irgendwie hatte sie das blöde Gefühl, dass noch mehr Kollegen näher an die Verräter herangerückt waren …
Sie stützte den Kopf in die Hände und dachte angestrengt nach. Wieso kam ihr nur keine Idee, wie sie Petronova helfen und das Matilda retten konnten?!

An diesem Abend lag Flo lange wach – und das hatte nichts mit dem piksigen Strohsack zu tun. Oder dem vielstimmigen Schnarchen oder dem Tapp-Tapp auf dem glatten Parkettboden, wenn eins der Mädchen zur Toilette ging. Sie konnte einfach nicht aufhören zu grübeln. Ihren Freundinnen schien es nicht anders zu gehen.
»Wahrscheinlich wäre ich eine der Ersten, die gehen müssten«, flüsterte Pina in die Dunkelheit. »Meine Oma könnte das Schulgeld nie aufbringen.«
Flo streckte eine Hand aus. »Ich würde auf meine Weihnachts- und Geburtstagsgeschenke verzichten, damit du hierbleiben kannst.«
»Danke.« Pina nahm ihre Hand und drückte sie. »Ich würde den Rest meiner Schulzeit auf einem Strohsack schlafen, wenn es nur irgendwie mit dem Matilda weitergeht! Von mir aus auch zwischen Cilly und Lilly und ihren Stinke-Parfümwolken.«
»Ich auch«, seufzte Flo. »Wenn es hilft, würde ich mich sogar mit allen siebenhundert Schülerinnen in diesen stickigen Fechtsaal mit seinem Knartsche-Boden quetschen und …«

»So schlimm ist es hier doch gar nicht«, unterbrach Blanca. »Es ist trocken und warm ... Mrs Smith sorgt anscheinend überall für gute Fechthallen.«
»Die stand schon vor ihrer Zeit«, murmelte Pina. »Dafür hat sie kein Preisgeld gewonnen.«
»Das ist es!« Flo sauste wie eine Rakete von ihrem Strohsack hoch.
»Häh?!« Blanca schaute über den Rand ihrer Hängematte.
»Ruhe dahinten!«, quietschte Lilly. »Ich kriege vor Schlafmangel sonst noch hässliche Ringe unter den Augen!«
Blanca wollte gerade etwas zurückdonnern, da legte Flo einen Finger auf die Lippen und winkte sie aufgeregt heran.
»Diese Schulweltmeisterschaft! Von der Smith erzählt hat! Offensichtlich kann man da viel Geld gewinnen! Schließlich konnte ihre Schule damals von dem Preisgeld eine Fechthalle bauen. Und wenn wir siegen würden, wäre das gleichzeitig der Beweis, dass Petronova uns zu supergutten Matilden gemacht hat! Ihre Ehre wäre gerettet, und die Verräter hätten keine Argumente mehr!«
Blanca schnalzte. »Viele Fliegen mit nur einer Klatsche ...«
Pina hingegen legte nachdenklich den Kopf schief. »Ich habe noch nie von so einer Meisterschaft gehört – gibt es die überhaupt noch?«
»Das hätten wir gleich ...«, Blanca zog ihr geheimes Handy aus der Tasche und tippte etwas ein, »... hier: Schulweltmeisterschaft! 1979 von dem Großunternehmer Miko Henderson ins Leben gerufen. Die teilnehmenden Schulen stellen jeweils zwölf Schüler auf. Jeder Schüler muss in zwei Kategorien antreten ... Eine davon hat immer was mit Sport zu

tun ... Das Gesamtalter der jeweiligen Schulmannschaft darf 180 Jahre nicht überschreiten ... Die Gewinnerschule erhält ein Preisgeld von 500 000 Dollar!«
»Wann und wo findet das statt?«, hauchte Pina.
Blanca scrollte den Text hinunter: »... immer in der dritten Oktoberwoche, und jedes Mal richtet es eine andere Schule aus.«
»Das ist doch wie für uns gemacht!« Flo ballte aufgeregt die Fäuste. »Wo meldet man sich an?«
»Langsam!« Pina drehte nachdenklich ihren schwarzen Zopf um den Finger. »Es gibt sicher einen Grund, warum wir da noch nie mitgemacht haben ...«
Flo verdrehte die Augen. »Looogo! Weil wir alle geschworen haben, niemals zu verraten, dass unsere Schule überhaupt existiert. Wenn es dich eigentlich nicht gibt, kannst du ja auch schlecht irgendwo mitmachen!«
Blanca seufzte und ließ ihr Handy sinken. »Aber dann hat sich das doch erledigt. Bei einer offiziellen Weltmeisterschaft kann man doch gar nicht geheim bleiben.«
»Darauf können wir jetzt keine Rücksicht nehmen«, entgegnete Flo. »Zur Not legen wir uns einen Tarnnamen zu. Besondere Situationen ...«
»... erfordern besondere Maßnahmen«, ergänzte Pina. »Also gut. Wo und wie meldet man sich an?«
»Hier steht eine Telefonnummer – die Organisation sitzt in San Francisco. Da ist es jetzt gerade 15.00 Uhr, da erreichen wir bestimmt noch jemanden!« Blanca sprang aus der Hängematte. »Kommt mit nach draußen. Besser, das kriegt nicht gleich jeder mit.«

Fröstelnd drängten sie sich im Eingang des Torhauses um das Handy und lauschten.

»Tut mir leid, der Anmeldeschluss war letzte Woche«, sagte die freundliche Dame am anderen Ende der Leitung. »Ausnahmegenehmigungen gibt es nicht, das heißt ... vielleicht haben Sie ja Glück. Die französische Schule, die in diesem Jahr die Spiele ausrichten wollte, hat gerade einen Rückzieher gemacht. Momentan streiten sich die Schweden und unser amerikanisches Team, wer zuständig ist. Herr Henderson ist ziemlich genervt – also, wenn Sie bereit wären, die Wettkämpfe zu veranstalten, dann würde er vielleicht ein Auge zudrücken?«

»Wir geben Ihnen heute noch Bescheid, bis gleich«, sagte Flo und legte auf.

»Moment mal, Flo! Wie wollen wir denn hier Wettkämpfe ausrichten?!« Pina sah sich in der Trümmerlandschaft um. »Wo wollen wir die anderen Schüler unterbringen?«

Flo sah sie fassungslos an. »Pina, was ist los mit dir?! Es gibt immer eine Lösung – und meistens sogar zwei!«

Blanca lief derweil schon den Kreuzgang hinunter. »Nicht sabbeln, machen. Los, wir müssen Petronova überzeugen! Die wird ja wohl noch wach sein.«

Hinter den Fenstern der Verwaltungsräume im Westtrakt war es stockdunkel.

»Und jetzt?«, fragte Pina.

»Wartet mal!« Flo zog sich am Fenstersims hinauf und spähte in das Vorzimmer, wo der Schreibtisch von Madame Maseleige stand. Unter der großen Tür, die zum Büro der

Direktorin führte, nahm sie einen schwachen Lichtschein wahr. »Ich glaube, sie arbeitet noch.«

»Dann los!« Blanca hämmerte mit der Faust gegen die Tür von Madames Büro. Als sich nach drei Sekunden nichts regte, öffnete sie. Hintereinander tasteten sie sich durch den dunklen Vorraum bis zu der Tür mit der Aufschrift ›Direktion‹. Flo hob gerade die Hand, um zu klopfen, da erklang eine laute, klare Stimme: »Ihr könnt reinkommen.«

»Sie muss wirklich eine supergute Spionin gewesen sein«, wisperte Flo.

»Und ist es immer noch«, flüsterte Pina.

»Jaja«, sagte Blanca und riss die Tür auf.

Petronova saß hinter ihrem Schreibtisch und sah sie streng an. »Ich hoffe, ihr habt einen guten Grund, mich um diese Uhrzeit zu stören.«

»Wir haben eine Idee«, legte Flo sofort los, und dann berichtete sie alles, was sie über die Schulweltmeisterschaft herausgefunden hatten. Als sie geendet hatte, verzog Petronova keine Miene und schwieg. Wieso sagt sie denn nichts?, dachte Flo und scharrte nervös mit dem Fuß über den Teppich. Schließlich hielt sie es nicht mehr aus.

»Wir müssen doch irgendetwas tun!«

»Wollen Sie uns nach Hause schicken?!«, donnerte Blanca und ballte die Fäuste. Pina sah bittend auf. »Wir haben doch nichts mehr zu verlieren!«

Petronova zögerte noch immer. »Jede von uns hat einen Eid abgelegt. Damit haben wir geschworen, die Existenz des Internats immer und zu allen Zeiten geheim zu halten, um das Matilda und seine Schülerinnen nicht in Gefahr zu bringen.«

»Wir können uns doch unter einem falschen Namen anmelden und so tun, als wären wir ein ganz normales Mädchen-Internat«, drängte Flo.
»Jawohl!« Blanca reckte kämpferisch den Arm. »Oder wir sagen einfach, dass es uns erst seit Kurzem gibt.«
»Es darf nicht sein, dass das Internat geschlossen wird oder einige Mädchen nicht mehr kommen dürfen, nur weil ihre Eltern kein Geld haben!«, schimpfte Flo. Da machte Pina einen Schritt vor und legte die Hand aufs Herz. »Unser Schwur geht doch noch weiter, Direktorin Petronova! Haben Sie das vergessen? Grenzen sprengen, Neues wagen, was nicht stimmt, auch mutig sagen!«
Die Direktorin erhob sich. »Nein, das habe ich nicht vergessen.«
»Bitte!« Flo krallte ihre Fingernägel so fest in die Handballen, dass es wehtat. »Wir werden das Internat für die Wettkämpfe herrichten! Und wir werden die Schulweltmeisterschaft gewinnen! Wir schaffen das!«
Petronova verharrte für eine Sekunde ganz still, dann hob sie entschlossen das Kinn. »Ich werde Kontakt zu diesem Wettkampf-Komitee aufnehmen und morgen Mittag meine Entscheidung bekannt geben.«
Flo, Pina und Blanca atmeten erleichtert auf.
»Und nun geht schlafen. Es warten anstrengende Tage auf uns!«
Die drei wünschten eine gute Nacht und sausten aus dem Büro. Sie konnten sich gerade noch zusammenreißen, bis sie das Torhaus erreicht hatten, dann platzte es aus ihnen heraus, und sie fielen sich jubelnd um den Hals. Wenigstens

wollte Petronova einen Versuch starten und mit den Leuten reden! Es gab einen Funken Hoffnung!

So leise, wie es bei ihrer Aufregung überhaupt möglich war, schlichen sie zwischen den schlafenden Mädchen hindurch zu ihrer Ecke im Fechtsaal.

»Ich würde zu gern in Strategie und Reiten für das Matilda antreten«, flüsterte Flo und warf sich auf ihren Strohsack. Ausgelassen strampelte sie mit den Beinen – sie konnte jetzt einfach nicht still liegen!

»Im Fechten hättest du garantiert auch Chancen«, wisperte Pina.

»Aber da gibt es viele Gute unter den Großen!«, wendete Flo ein.

»Na und?! Die *müssen* uns einsetzen!«, grunzte Blanca aus ihrer Hängematte. »Rechnet doch mal! Die zwölf Teilnehmer einer Mannschaft dürfen zusammen nicht älter als 180 Jahre sein. Also: 180 durch 12 macht ...«

»... im Schnitt 15 Jahre pro Teilnehmerin«, vollendete Pina. »Stellt man zwei 18-Jährige auf, dann muss man dafür schon mal zwei Zwölfjährige nehmen ...«

»Das heißt aber trotzdem nicht, dass ausgerechnet *wir* diese Jüngeren sein werden«, warf Flo ein.

»Pfft!«, machte Blanca. »In Informatik und Segeln putze ich alle weg.«

Pina gab der Hängematte einen Schubs. »Täusch dich nicht! Mette zum Beispiel ist eine echte Rakete in Informatik!«

»Aber sie ist in keiner Sportart besonders gut«, entgegnete Flo.

Blanca kringelte sich vor Lachen. »Stimmt!! Baumstämme

werfen und Felssteine kugeln gibt es bei der Schulweltmeisterschaft nicht!«

Flo gluckste. »Hör auf!« Dann drehte sie sich zu Pina. »Hey, aber du musst uns auf jeden Fall in Naturkunde und Bogenschießen vertreten! Da bist du unschlagbar.«

»Hip-Hop oder Ballett wären auch nicht schlecht ...« Pina machte im Liegen ein paar Tanzschritte. »Allerdings haben wir da echte Superstars.«

»Solange *ich* nicht tanzen muss, ist mir alles egal!« Blanca beugte sich so weit aus ihrer Hängematte, dass sie mit einem lauten Rums herausplumpste. Jetzt prusteten Flo und Pina los.

»Ruhe! Ich will schlafen!«, rief jemand aus der Dunkelheit. Blanca stopfte sich eine Hand in den Mund, so sehr musste sie lachen. Als sie sich einigermaßen beruhigt hatten, winkte Flo sie heran und flüsterte: »Wir müssen unbedingt alle drei in das Wettkampfteam!«

Pina nickte und streckte ihre Hand aus. »Ja, wir drei zusammen für das Matilda!«

Mit einem lauten Klatschen schlugen Blanca und Flo ein.

»Ich hol gleich Madame Maseleige!«, schimpfte es aus einer anderen Ecke.

Pina legte einen Finger auf den Mund. Leise kletterte Blanca zurück in ihre Hängematte, und Flo kullerte auf den Rücken. Erleichtert schloss sie die Augen. Noch war das Matilda nicht verloren. Aber eins war auch klar: die geheime Strippenzieherin, die Petronovas Stuhl wollte, würde keine Ruhe geben. So leicht würde sie sich nicht geschlagen geben.

Kapitel
Fünf

Am nächsten Morgen nach dem Frühstück begann das große Aufräumen – und das war auch gut so, denn ohne Ablenkung hätten Flo, Pina und Blanca das Warten auf Petronovas Entscheidung niemals ausgehalten. Mit Karren und Äxten bewaffnet, zogen sie in den Südteil des Kreuzgangs, um Geröll einzusammeln und größere Äste zu zerlegen. Bald darauf stießen Min-Hai, Abeba, Olga und Minerva dazu. Sie schippten den Modder in Schubkarren. Gemeinsam arbeiteten sie unermüdlich und ohne Pause – doch als der Gong zum Essen schlug, sah man kaum einen Unterschied.

»Das kann doch nicht sein«, fluchte Olga. »Wir haben gefühlt hundert Karren hier rausgefahren, und es ist immer noch alles voll.«

Min-Hai streckte ihre Hände vor. »Ich habe schon Blasen an den Fingern.«

»Ich koche euch nachher einen Sud aus Brennnesseln und Calendula«, tröstete Minerva sie. »Das wirkt beruhigend und entzündungshemmend.«

»Na dann, ab in den Speisesaal!«, rief Flo. Sie warf ihre Axt in eine der Karren und marschierte los. Pina lief neben ihr her.

»Selbst wenn Petronova zustimmt, glaubst du, wir kriegen bis zum Start der Spiele das Internat wieder sauber?«

»Klaro«, polterte Blanca von der anderen Seite. Doch als sie um die Ecke in den nächsten Abschnitt des Säulengangs bogen, mussten sie zähneknirschend feststellen, dass ihre Mitschülerinnen auch nicht viel weiter vorangekommen waren.

»Flo-Wieso?!«, quietschte es da, und Charly kam die Treppe des Osttrakts heruntergerast. Mit voller Wucht fiel sie ihrer großen Schwester um den Hals und schluchzte.

»Was ist los?« Flo löste Charlys Arme, damit sie ihr ins Gesicht sehen konnte.

»Jetzt gehen auch noch Lena und Amy-Sun!«

»Wer?«, fragte Flo.

Charly zeigte über den Innenhof auf die andere Seite des Kreuzgangs, wo zwei Drittklässlerinnen ihre großen Koffer in Richtung Torhaus zogen.

»Hey, wo wollt ihr hin?«, brüllte Blanca.

»Wir werden abgeholt«, rief das dunkelhaarige Mädchen. »Meine Eltern sind stinksauer, weil keiner sagen kann, wann und ob es hier überhaupt noch Unterricht gibt.«

»Und bei dir?«, rief Flo dem anderen Mädchen zu.

»Total blöd! Meine Mutter will, dass ich was lerne – und nicht Dreck wegputze. Dabei würde ich viel lieber hierbleiben!«

Pina schüttelte fassungslos den Kopf. »Wie unsozial ist das denn?! Wir brauchen hier doch jede Hand!«

»Jetzt sind schon fünf Schülerinnen weg!«, schniefte Charly.

»Und drei wollen noch. Popo-Loch.«

»Das wird schon«, tröstete Flo, dann drehte sie sich mit finsterer Miene zu den anderen. »Das ist bestimmt kein Zufall!«

Blanca nickte und ballte wütend die Faust. »Dahinter stecken bestimmt Richter und seine Meuterer! Die verbreiten diese Panik!«

Und tatsächlich schienen Petronovas Gegner die Familien aufzuwiegeln, denn als sie vor dem Speisesaal ankamen, telefonierte Madame Maseleige mit zwei Telefonen gleichzeitig und versuchte, aufgebrachte Eltern zu beruhigen. »Wirklich, Ihren Töchtern geht es gut ... Ich weiß nicht, wie Sie auf die Idee kommen ... Nein, alle haben ein Bett ... Das ist nur ein vorübergehender Zustand ... Wir werden den Unterricht so schnell wie möglich wiederaufnehmen ... ganz schnell ...«

Flo schob Charly durch die Tür und sah ihr fest in die Augen. »Du musst den anderen Mut machen, klar?! Wir haben eine Idee für einen Rettungsplan – aber das klappt nur, wenn alle mitmachen.«

Charly nickte. »Okay. Ich sage Mette Bescheid, die stellt sich zur Not ins Tor – und sperrt die Ausfahrt, volles Rohr.« Damit tapste sie zu den Tafeln der Drittklässler.

Doch nicht nur dort, auch an anderen Tischen im Speisesaal blieben Plätze leer. Anscheinend waren noch mehr Schülerinnen abgereist.

»Petronova muss jetzt ganz schnell zeigen, dass sie die Lage im Griff hat!«, wisperte Flo, während sie auf ihre Bank rutschte und eine Schale Nudeln vom Laufband schnappte. »Und wir müssen schleunigst rauskriegen, wer wirklich hinter dieser fiesen Intrige steckt! Wer will hier Chefin werden? Richter und seine Leute sind doch nur Handlanger.«

»Und wenn es jemand ist, der gar nicht hier an der Schule arbeitet?«, fragte Pina. Bevor Flo etwas erwidern konnte, trat

Direktorin Petronova in die Mitte des Saals. Augenblicklich wurde es mucksmäuschenstill.

»Liebe Matilden, liebe Lehrkräfte. Ich habe in dieser dramatischen Situation einige gute Nachrichten zu verkünden. Mehrere ehemalige Schülerinnen werden mit großzügigen Spenden den Wiederaufbau des Internats unterstützen. Und auch ihr werdet eine Chance bekommen, euch an der Rettung des Matilda Imperatrix zu beteiligen. Zum ersten Mal in unserer tausendjährigen Geschichte werden wir – unter dem Decknamen ›Alpen-Mädchen-Internat‹ – an der internationalen Schulweltmeisterschaft teilnehmen. Mit vereinten Kräften werdet ihr um das Preisgeld von 500 000 Dollar kämpfen. Unsere Gegner werden bereits nächste Woche hier eintreffen.«

Ein Raunen ging durch den Saal, und Flo wäre am liebsten vor Freude zwischen die Nudeln aufs Laufband gesprungen! Pina sendete einen Dankesgruß an Mutter Sonne, und Blanca haute mit solcher Wucht auf die Tischplatte, dass die Teller in die Luft flogen. Vorn, an der Tafel der Lehrer, lief Richter vor Wut rot an. »Ungeheuerlich!« und »Unmöglich!« wisperten seine Verbündeten, während am gegenüberliegenden Ende applaudiert wurde. Als das Klatschen verebbte, meldete sich Krankenschwester Schorf mit wichtiger Miene: »Ich muss darauf hinweisen, dass ich bei dem momentanen Zustand unserer medizinischen Ausrüstung eine Versorgung so vieler Schüler nicht gewährleisten kann.«

»Aha«, keifte Wullenstein. »Ein unüberschaubares Risiko für unsere Schülerinnen!«

In der Mitte des Tisches erhob sich nun Sternenkunde-Leh-

rerin Santiago und warf ihren Silberschopf zurück. »Frau Direktorin, ich wüsste gern, was *wir* tun können, um dieses doch sehr ehrgeizige Ziel zu unterstützen?«
Petronova setzte ihr undurchdringliches Lächeln auf. »Kollege Ringstrøm wird heute Nachmittag einen Plan veröffentlichen, darin werden Sie alle wichtigen Informationen finden. Die Wettkampfregeln wird Madame Maseleige später im Kreuzgang aushängen. Und jetzt wünsche ich allen guten Appetit.«
Die Direktorin nahm wieder Platz, und dann gab es an den langen Tischen kein Halten mehr. Alle Mädchen brabbelten aufgeregt durcheinander, jede wollte wissen, worum es genau ging, was die Regeln forderten und wie Petronova auf die Idee gekommen war. Nur Flo, Pina und Blanca grinsten sich an und beugten sich zufrieden über ihre Teller.
Als es nach dem Essen wieder an die Arbeit ging, packten alle noch tatkräftiger zu. Und selbst die Tatsache, dass weitere Mädchen von ihren Eltern abgeholt wurden, konnte die allgemein gute Laune nicht verderben.
»Die Ratten verlassen das sinkende Schiff! Ha!«, raunzte Blanca und schleuderte einen dicken Stein in die Karre, dass es krachte. »Aber dieses Schiff sinkt noch lange nicht!«
»Lass sie.« Pina winkte ab. »Wer sich mit den Präriehunden hinlegt, steht mit Flöhen auf.«
»Was soll das heißen?«, fragte Abeba und stemmte eine Schaufel voller Schlamm in einen der großen Kübel.
Schwungvoll schlug Flo ihre Axt in einen Stamm, der quer in den Gang ragte. »Dass wir auf solche Wanzen verzichten können.«

Zum Glockenschlag um fünf Uhr erschien Madame Maseleige im Kreuzgang und heftete die Wettkampfregeln an die Info-Tafeln neben den Türen. Das letzte Papier drückte sie Flo in die Hand. »Ich halte es ja für eine Schnapsidee, aber unserer Chefin hat es wieder Mut und Schwung gebracht.« Dann stieß sie einen lauten Seufzer aus. »Wenn ich nur wüsste, wo ich saubere Bettwäsche für all die Gäste hernehmen soll ... Im Wäschekeller steht noch kniehoch die Schlammbrühe!« Doch da hörte schon keins der Mädchen mehr zu. Aufgeregt steckten sie ihre Nasen über dem Papier zusammen und lasen die Regeln.

»... man muss von einer Mitschülerin vorgeschlagen werden!«, rief Min-Hai.

Blanca tippte auf den dritten Absatz. »Jede Teilnehmerin muss in zwei der vorgeschriebenen Disziplinen antreten. Aber die darf man frei kombinieren.«

»Cool!«, rief Pina.

Flo drehte den Zettel um. »Ab morgen wird dann eine versiegelte Wahlurne aufgestellt ...«

»Was?«, unterbrach Olga.

»Das ist eine Kiste oder irgendein Behälter, in den man seinen Vorschlag wirft«, erklärte Minerva. »Und versiegelt heißt, man kann ihn nicht öffnen, ohne dass man es bemerkt.«

»Das weiß ich selbst«, brummelte Olga.

»... die dann zwei Tage später unter Aufsicht der Leitung des Wettkampf-Komitees zerschlagen wird ...«, fuhr Flo fort, und Pina vollendete: »... die Schülerschaft stimmt anschließend über die Vorschläge ab und wählt zwölf Athleten aus.«

»Dann ist doch alles ganz einfach!«, wisperte Flo ihren Freundinnen zu, als sie sich wieder an die Arbeit machten.
Pina nickte. »Wir schlagen uns einfach gegenseitig vor!« Blanca streckte die Hand aus. »Du mich, ich Flo und Flo dich.«
Begeistert schlugen Flo und Pina ein, und dann rumpelten, räumten und putzten sie, bis die Sonne hinter den hohen Bergen verschwand und die Dunkelheit über das Matilda hereinbrach.

WETTKAMPFREGELN	
Der/die Teilnehmer/-in muss in zwei Disziplinen, jeweils aus Kategorie 1 und 2, antreten. Die Kombination ist frei wählbar! Alle 12 Wettkämpfer/-innen dürfen zusammen nicht älter als 180 Jahre sein!	
Kategorie 1	**Kategorie 2**
Mathematik	Laufen (Halbmarathon)
Literatur	Schwimmen
Elektrotechnik	Tanzen (Hip-Hop, Ballett, Volkstanz)
Kunst	Vielseitigkeitsreiten
Physik	Fechten
Musik	Segeln
Informatik	Werfen (Speer, Kugel, Hammer)
Naturkunde	Turnen (Boden und Geräte)
Chemie	Bogenschießen
Strategie	Radfahren
Wirtschaft	Tennis
Technik	Klettern

Kapitel
Sechs

Am nächsten Morgen sausten Flo, Pina und Blanca gleich nach dem Aufstehen in den Kapitelsaal. Doch da stand keine Wahlurne, wie Petronova angekündigt hatte!

»Ein Problem mit dem Postkurier«, verkündete Madame den murrenden Schülerinnen, die ihre Vorschläge abgeben wollten. »Bitte nutzt den heutigen Tag zum Putzen und Räumen. Es gibt genug zu tun!«

»Müssen wir uns Sorgen machen?«, fragte Flo, als sie zum Frühstück in den Speisesaal liefen.

Pina schüttelte den Kopf. »Bestimmt haben die Kurierdienste nach dem Orkan auch ein paar Probleme. Vielleicht sind Straßen wegen umgestürzter Bäume blockiert, oder so?«

»Hoffen wir, dass es nur das ist«, seufzte Flo. »Aber wenn morgen das Paket nicht da ist, dann gehen wir der Sache nach!«

Doch das war zum Glück nicht nötig: Pünktlich um sieben Uhr thronte am nächsten Morgen die weiße Porzellan-Urne auf einem Tischchen in der Mitte des Versammlungssaals.

Ringsherum war mit roten Kordeln ein kleines Viereck abgeteilt. Daneben stand Madame Maseleige mit einer Liste und überwachte mit Adleraugen, dass immer nur eine Schülerin in den abgesperrten Bereich trat, sich der zerbrechlichen Kugel näherte und nur einen einzigen Vorschlagszettel in den schmalen Schlitz steckte. Schon vor dem Frühstück reichte die Schlange bis zur Eingangspforte.
»Puh, da haben wir aber große Konkurrenz«, flüsterte Pina. Flo winkte ab. »Hier sind fast nur Große. Das bedeutet, dass die meisten Bewerber aus der Oberstufe kommen und älter sind – und das wiederum heißt größere Chancen für uns!«
Endlich waren sie an der Reihe. Mit klopfendem Herzen schob Flo sich hinter die Kordeln und warf ihren Zettel mit Pinas Namen ein. Dann steckten Blanca und als Letzte Pina ihre Vorschläge in die Urne. Jetzt konnten sie nur noch abwarten – und Matsch wegschaufeln.

Der Aufruf zur Schülerweltmeisterschaft schien wie ein Energy-Drink zu wirken. Jedenfalls räumten und putzten die Mädchen plötzlich um die Wette. Und während die ersten Steinplatten unter der Dreckschicht im Kreuzgang hervorblitzten, nahmen die Lehrer schon wieder den Unterricht auf. Natürlich ganz nach Matilda-Art: Die jüngeren Schüler mussten nebenbei ausrechnen, wie viel Glas und Ziegel benötigt wurden, um Fenster und Dächer zu reparieren. Die mittleren Jahrgänge erhielten während des Aufräumens Materialkunde: Welche Eigenschaften besaßen die verschiedenen Steine und Holzsorten, und wofür setzte man sie ein? Die Großen mussten entweder die Statik der Plane-

tarium-Kuppel berechnen oder einen Plan für die hinteren Gärten entwerfen. Schließlich gab es auch unter den Pflanzen gute und schlechte Nachbarn. Alle waren mit Rieseneinsatz dabei, und selten herrschte ein solcher Zusammenhalt unter den Matilden. Am Abend nahmen selbst Cilly und Lilly dankbar Minervas streng riechenden Kräutersud gegen Blasen an und verteilten im Gegenzug ihre Pflaster mit Goldkante! Hundemüde, aber glücklich ließ Flo sich nach dem Essen auf ihren piksenden Strohsack fallen – da hörte sie plötzlich donnernden Hufschlag. »Die Pferde sind zurück!« So müde konnte sie gar nicht sein! Wie eine wild gewordene Hummel raste sie aus dem Fechtsaal.
»Jippieh!«, rief Pina und peste ihr nach. Nur Blanca schaukelte gemütlich weiter in ihrer Hängematte und knurrte: »Ich habe keine Ahnung, was sie an diesen Höllenviechern finden.«

Als Flo und Pina auf den Platz vor den Stallungen bogen, galoppierte die Pferdeherde gerade durchs große Tor. An der Spitze lief Eisenherz, Flos schwarzer Friesenhengst, und direkt dahinter Pinas gescheckte Palomino-Stute Agas. Flo blieb stehen und pfiff auf zwei Fingern. Sofort warf Eisenherz sich herum und raste auf sie zu. Mit einem kurzen Aufbäumen kam er direkt vor ihr zum Stehen. Dann senkte er den Kopf und rieb seine samtenen Nüstern an ihrer Schulter. Flo drückte ihre Wange in das warme, weiche Fell. »Na, alles gut überstanden?«
Eisenherz schnaubte und folgte ihr brav wie ein Hündchen in den Stall.

Der schwarze Hengst hatte seinen Platz gleich vorn, rechts an der Tür. Pina führte ihre Stute in die Box daneben. Im selben Moment sprang Stallmeister Aaron von seinem fuchsfarbenen Araber. »Na, die Damen, gesund und munter?« Auf seinen krummen Beinen humpelte er in den Gang.

»Alles bestens«, rief Flo. »Wie gut, dass du die Pferde rechtzeitig hinunter ins Dorf gebracht hast. Danke!«

»Schon gut«, brummelte Aaron. »Der Stall hat zwar nicht viel abbekommen, aber unsere Rabauken hätten in ihrer Panik wahrscheinlich alles zerlegt! Nicht wahr, Eisenherz, alter Junge?« Dann deutete er mit dem Kinn in Richtung der Hauptgebäude. »Wie sieht es denn da drinnen aus?«

»Schrecklich«, sagte Flo. »Aber wir kriegen das wieder hin. Und unten im Dorf?«

Aaron zuckte mit den Schultern. »Da ist auch ordentlich zu tun.«

»Gibt es Verletzte? Ist viel kaputtgegangen?«, bohrte Flo weiter.

Pina zwinkerte Aaron grinsend zu. »Sie will wissen, ob ›Panificio di Danelli‹ noch steht.«

Flo verdrehte die Augen. Pina musste sie immer aufziehen, nur weil sie sich mit Luca gut verstand, dessen Eltern die Bäckerei gehörte. Da war es doch völlig normal, dass sie sich nach ihm erkundigte! Außerdem hatte er ihr vor gar nicht langer Zeit geholfen, Charly aus den Fängen der Entführer zu befreien. Und mal ganz abgesehen davon war Flo ziemlich sicher, dass Pina heimlich für Lucas großen Bruder Federico schwärmte! Offiziell durfte von diesen Freundschaften natürlich niemand wissen. Eine der tausend Jahre alten

Internatsregeln besagte nämlich, dass keine Schülerin Kontakt zur Dorfbevölkerung haben durfte. Aber darum hatte Flo sich schon immer einen Teufel geschert.
Aaron schmunzelte. »Ah ja, die Bäckerei ... mit dem Jungen, gegen den du letzten Monat heimlich ein Wettrennen ausgetragen hast, wofür du dann drei Wochen lang den Kreuzgang fegen musstest?«
»Aber dafür habe ich gewonnen«, entgegnete Flo stolz.
Nun war Aarons wettergegerbtes Gesicht von fröhlichen kleinen Runzeln durchzogen. »Na, macht euch keine Sorgen. Morgen werden die Straßen geräumt sein. Dann wird wieder Brot geliefert, und ihr könnt euch selbst vom Zustand der Jungs überzeugen.«
Pina kicherte, und Flo wechselte nun lieber ganz schnell das Thema, bevor sie noch rot wurde: »Wir treten übrigens bei einer internationalen Schulweltmeisterschaft an. Von dem Preisgeld wollen wir die Reparaturen bezahlen.«
Aaron schaute überrascht. »Wirklich? Aber dafür müsstet ihr ja erst einmal gewinnen.«
»Genau darum geht es!« Flo trat etwas näher an die Streben der Box. »Wenn Eisenherz und ich antreten dürfen, würdest du uns dann trainieren?«
Aaron stupste ihr gegen die Wange. »Nicht dass ich euch beiden noch irgendetwas beibringen könnte, aber ich werde jede Sekunde für euch da sein.«
Flo strahlte. »Dann sind wir bestimmt unschlagbar!«
Sie halfen Aaron noch beim Füttern, dann schlurften sie zurück in den Fechtsaal, warfen sich auf ihre Strohsäcke und fielen vor Erschöpfung in einen tiefen, schweren Schlaf.

Am folgenden Vormittag stolperte Madame Maseleige völlig kopflos durch das Internat und rief an jeder Ecke: »Schneller! Das muss erledigt sein, bevor Dr. Gonzales ankommt!« Spätestens zum Mittagessen wusste jede Schülerin, dass Dr. Juan Gonzales der Leiter des Wettkampf-Komitees war und am nächsten Tag im Matilda eintreffen würde.
Am Nachmittag wurden Pina, Flo und Blanca von ihren Arbeiten im Kreuzgang abgezogen. Madame führte sie über den Außenhof zum Gästehaus, das an den Südtrakt grenzte. Dort, in dem alten, zweistöckigen Gebäude, sollte mit ihrer Hilfe das Wettkampf-Büro eingerichtet werden. Richter und seine Aufrührer hatten nämlich gedroht, Direktorin Petronova zu verklagen, wenn sie gegen die alte Regel verstoßen und Fremde in den Innenring des Matildas lassen würde.

»Hey, guckt mal, das sieht doch echt schon gut aus!«, rief Flo, als sie am Abend über die blank polierten Steinplatten des Kreuzgangs liefen. Auch einige Säulen standen schon wieder an ihrem Platz, und die Tür der Bibliothek hing in ihren Angeln, als wenn es nie anders gewesen wäre. Nur der Innenhof sah noch wüst aus. Aber da ja nun sowieso keine Fremden diesen Teil des Internats betreten würden, hatte Petronova beschlossen, erst einmal mit den Aufräumarbeiten im Ost- und Nordtrakt zu beginnen.
»Aber damit haben wir als Wettkämpferinnen dann ja nichts mehr zu tun!« Flo zwinkerte ihren Freundinnen zu und hakte sie rechts und links unter.
»... falls wir in das Wettkampfteam gewählt werden!«, mahnte Pina. »Ihr wisst doch: Wer nur den Bärenspuren –«

»Ja, ja, sieht Karnickel und anderes Kleintier nicht«, fiel Blanca ihr ins Wort. »Aber mal ehrlich, Spurenleserin: Fällt dir ein Grund ein, warum wir nicht gewählt werden sollten?«
Flo nickte Pina ermutigend zu. »Das klappt bestimmt! Wir drei – alle zusammen!«

Am nächsten Morgen, genau achtundvierzig Stunden nachdem sie ihre Vorschläge in die Porzellan-Urne geworfen hatten, rollte eine dunkle Limousine auf den Außenhof, und ein dicker Herr im blauen Wollmantel stieg aus.
»Dr. Gonzales!« Madame hatte sich extra in ihr feines Kostüm gezwängt und roséfarbenen Lippenstift aufgelegt. »Bitte folgen Sie mir!« Unaufhörlich plappernd führte sie den Leiter des Wettkampf-Komitees ins Gästehaus zu einer ersten Besprechung mit Direktorin Petronova. Flo, Pina und Blanca hätten zu gern gelauscht, doch es wäre sofort aufgefallen, wenn sie sich jetzt vor den Aufräumarbeiten gedrückt hätten. Die Schlafstuben waren nämlich an der Reihe. Und Cilly und Lilly warteten nur darauf, dass die drei irgendeine Regel brachen, um sie dann verpetzen zu können. Und so mussten Flo und ihre Freundinnen Schlamm schippen und wie alle anderen Schülerinnen warten, was als Nächstes verkündet wurde.

Um zwölf Uhr wetzte Madame die Treppen des Osttrakts hinauf. Flo ließ sofort ihre Matschschaufel fallen und rannte in den Flur.
»Alle Fünftklässlerinnen räumen auf der Stelle den großen Fechtsaal und ziehen mit ihren Sachen in den Kapitelsaal!«,

keuchte Madame. »Die Sporthalle ist ab sofort der neue Versammlungsraum!« Dann blieb sie an der obersten Treppenstufe stehen und hielt das alte rote Megafon an den Mund. Flo, Pina und Blanca hielten sich schnell die Ohren zu, denn wenn Madame das Megafon einstellte, quietschte es immer so schrill, als würde man Styropor mit einer Kreissäge zerteilten. So war es auch jetzt. Ein nervenzerfetzendes Jaulen hallte durch den Osttrakt, und dann schepperte Madames Stimme aus dem Trichter: »Achtung! Achtung! Großes Treffen aller Schülerinnen um ein Uhr im Fechtsaal!«

Pina reckte begeistert die Fäuste in die Luft. »Jetzt geht es endlich los!«

Kapitel
Sieben

Die große Glocke der Internatskapelle schlug ein Uhr, und im Fechtsaal wurde es mucksmäuschenstill. Dabei war die große Sporthalle so überfüllt, dass Flo, Pina und Blanca kaum Platz zum Sitzen fanden. Sie quetschten sich mit den anderen Fünftklässlern auf eine Reihe Turnmatten dicht hinter die jüngeren Jahrgänge, während von hinten die älteren Schülerinnen drängten. Ständig bekamen sie ein Knie oder einen Ellenbogen in den Rücken gebohrt. Direktorin Petronova wartete, bis der Glockenton ganz verhallt war, dann marschierte sie mit Dr. Gonzales nach vorn zu der kleinen Bühne und stellten sich neben einem Tischchen auf. Nun betrat Madame die Fechthalle. Feierlich trug sie die weiße Porzellan-Urne mit ausgestreckten Armen vor sich her. Da verhakte sich plötzlich ihr linker Schuh im Strumpf des rechten Beins. Sie riss die Augen auf, begann zu straucheln, die Urne rutschte ihr zwischen den Fingern hindurch – entsetzt schrien die kleinen Schülerinnen auf, und wie in Zeitlupe sah Flo die Urne Richtung Boden stürzen ... da warf sich Madame wie ein Torwart nach vorn und fing die Kugel im letzten Moment! Ein Seufzer der Erleichterung ging durch die

Reihen. Mit hochrotem Kopf rappelte Madame sich wieder auf und stellte die Urne auf dem Tischchen ab. Direktorin Petronova hob eine Augenbraue, dann ließ sie ihren Blick durch den Saal schweifen, bis sie sich aller Aufmerksamkeit wieder sicher war.

»Ich möchte euch und Ihnen Herrn Dr. Gonzales vorstellen. Er wird jetzt die Wahl der Teilnehmerinnen für unsere Schule übernehmen.«

Dr. Gonzales nickte mit gewichtiger Miene. Dann zeigte er schwungvoll mit beiden Händen auf die Urne, als wolle er sie mit einem Zaubertrick verschwinden lassen.

»Was ist das denn für 'n Clownfisch?«, brummelte Blanca.

»Schscht«, macht Pina.

Im selben Moment donnerte Dr. Gonzales von der Bühne: »Direktorin Petronova! Können Sie bezeugen, dass diese Urne bis zu dem Moment, als Madame Maseleige sie mir übergeben hat, unter ständiger Beobachtung stand?«

Petronova nickte.

»Manipulationen waren also nicht möglich?«

»Madame Maseleige hat das Einwerfen der Vorschläge überwacht, anschließend wurde die Urne in einem Panzerschrank verwahrt. Den Schlüssel dafür besitzen nur die Hausmutter und ich.«

Madame zog eine Halskette aus dem Ausschnitt, an dem ein glänzender Schlüssel baumelte.

»Sehr gut«, stellte Dr. Gonzales zufrieden fest. »Dann werde ich jetzt die Urne zerschlagen und die Namen und Disziplinen der Schülerinnen verlesen. Dann werdet ihr als Erstes sechs Schülerinnen wählen. Deren Lebensjahre werden zusammengezählt. Anschließend wird Teilnehmerin um Teilnehmerin gewählt, bis alle Disziplinen besetzt sind. Ihr müsst taktisch denken und gut überlegen, wen ihr wählt – denn am Ende dürfen die 180 Jahre Gesamtalter nicht überschritten werden! Allerdings dürfen sie *unter*schritten werden, hahaha!« Dr. Gonzales lachte, als hätte er den großartigsten Witz der Welt gemacht.

Blanca stöhnte. »Den macht er bestimmt jedes Mal.«

»Konzentriert euch!«, mahnte Flo. »Wir brauchen das beste Team, wenn wir das Matilda retten wollen!«

»Madame Maseleige, wenn Sie mir nun bitte assistieren würden und die Namen und Disziplinen, die ich laut vorlesen werde, auf der Tafel notieren?« Dr. Gonzales machte eine ungeduldige Handbewegung.

»Jawohl!« Madame sprang an eine grüne Klapptafel und hielt sich mit einem Stück Kreide bereit.

»Das ist ja wie in der Steinzeit! Wie peinlich«, wisperte ein Mädchen hinter ihnen. »Was sollen wir denn machen?«, tuschelte eine andere. »Die meisten Whiteboards hat der Sturm zerstört!«

Vorn auf der Bühne legte Dr. Gonzales jetzt ein Tuch über die Urne, zog ein kleines silbernes Hämmerchen aus der Tasche und donnerte es mit voller Wucht auf die Kugel. Mit lautem Klirren zersprang das Porzellan. Dr. Gonzales lüftete das Tuch, schüttelte es aus und präsentierte es noch einmal von allen Seiten. »Damit jeder sieht, dass sich kein Papierchen darunter verfangen hat!« Dann fischte er vorsichtig den ersten Zettel aus den Scherben. Langsam faltete er ihn auseinander. Die Schülerinnen hielten den Atem an.

»Hoa Nuygen – Mathematik und Turnen.«
Aus dem Pulk der Elftklässler drang Applaus, während durch den Rest des Saals ein Raunen ging. Hoa war zwar eine super Turnerin, doch in Mathematik gab es wirklich bessere Schülerinnen. Gonzales zog den nächsten Zettel. »Fadya Hmeidan – Literatur und Querfeldeinlauf.«
»Die ist in der zehnten und echt schnell«, wisperte Flo.
»Schneller als Abeba?«, zweifelte Blanca. Pina zuckte mit den Schultern. »Keine Ahnung. Ich weiß nur, dass sie jeden Abend als Letzte noch in der Bibliothek sitzt.«
Mit dem nächsten Zettel wurde Cilly für Tennis und Elektrotechnik vorgeschlagen, dann folgte eine ganze Reihe Zwölftklässlerinnen, und schließlich rief Dr. Gonzales: »Florence Orkney – Strategie und Reiten.«
Die Mädchen der Fünften kreischten begeistert, und auch das Strategie-Team klatschte laut Beifall. Danach wurden mehrere Namen aus den zweiten und dritten Klassen vorgelesen, die aber niemand richtig ernst nahm. Endlich kam Blanca für »Segeln und Informatik« und Abeba in den Sparten »Technik und Laufen«. Allmählich wurde der Zettelhaufen kleiner, und zu Flos, Blancas und Pinas Erleichterung wurden nur noch ältere Schülerinnen vorgeschlagen. Damit stiegen ihre Chancen enorm. Blanca dauerte das Prozedere trotzdem viel zu lang. Ungeduldig rutschte sie auf ihrem Hintern hin und her. »Krabbenkacke, wann kommt denn endlich Pina?!«
Flo grinste. »Pina hat doch immer die Ruhe weg.«
Schließlich ragten nur noch drei Zettelchen aus dem Scherbenhaufen, und Dr. Gonzales machte es besonders span-

nend. Im Schneckentempo faltete er das drittletzte Papier auseinander, räusperte sich und las: »Pirko Hämäläinen – Wirtschaftswissenschaften und Fechten.«
Blanca rollte mit Augen. »Sein Getrödel geht mir echt aufs Holzbein.«
Nun tat Dr. Gonzales auch noch so, als könne er sich nicht entscheiden, welchen Zettel er als Nächstes ziehen sollte. Während er mit seinen Fingern von rechts nach links wedelte, machte sich Unruhe unter den Schülerinnen breit. Da griff er zu, faltete das Papier auf und verkündete: »Wladislawa Iwanowa – Musik und Schwimmen.«
Flo stupste Pina grinsend in die Seite. »Du bist echt die Letzte!«
»Soooo!«, rief Herr Gonzales. »Nun haben wir hier nur noch einen einzigen Zettel – würden Sie das bitte bestätigen, Frau Direktorin?« Petronova blickte in den Scherbenhaufen und nickte.
Dr. Gonzales hielte den letzten Zettel hoch, öffnete ihn und las: »Minka Schröter – Chemie und Radrennen.«
Flo glaubte, nicht richtig gehört zu haben. »Das ... das kann nicht sein!«, stotterte sie.
»Hey!«, brüllte Blanca durch den Saal. »Da muss noch irgendein Zettel rumfliegen!«
Überrascht schaute Dr. Gonzales auf, dann strich er mit dem kleinen Hämmerchen durch die Scherben und schüttelte den Kopf. »Nein. Madame Maseleige, wenn Sie vielleicht ...?«
Madame beugte sich tief über den Tisch, dann bückte sie sich, schaute noch einmal auf dem Boden nach und schüttelte den Kopf. »Nein, kein Zettel mehr da.«

Pina starrte mit leerem Blick nach vorn.

»Da stimmt etwas nicht!«, rief Flo. »Da fehlt ein Vorschlag!«

»Junges Fräulein, möchtest du den Wahlvorgang anzweifeln?« Dr. Gonzales Gesicht hatte sich vor Empörung lila verfärbt. »Dann hätten wir jetzt nämlich ein Riesenproblem, und ich weiß nicht, ob die Teilnahme der Schule dann noch gewährleistet werden kann!«

Nun war es totenstill im Saal. Flo spürte die wütenden Blicke ihrer Mitschülerinnen.

»Kann die nicht ein Mal den Mund halten!« und »Will die alles verderben?« hörte sie es hinter sich wispern.

Hilflos sah Flo zu Direktorin Petronova. Die schüttelte kaum merklich den Kopf.

»Nein, schon gut«, sagte Flo und senkte den Blick. Sie hörte Pinas heftigen, aufgebrachten Atem.

»Kannst du mir das bitte erklären?«, fragte ihre Freundin mit erstickter Stimme.

Flo schüttelte den Kopf. »Nein. Ich verstehe es ja selber nicht. Ich habe den Zettel mit deinem Namen eingeworfen!« Verzweifelt sah sie zwischen Blanca und Pina hin und her. »Ihr wart doch selbst dabei!«

»Aber warum ist er dann nicht da drin gewesen?« Pinas Oberlippe bebte.

»Das ... das weiß ich nicht ... Pina, ich schwöre, jemand muss deinen Namen da rausgenommen haben!«

Pina schloss kurz die Augen und sah Flo dann fest an. »Und wie? Wenn die Urne die ganze Zeit bewacht wurde?!«

Nun verstand Flo, worauf Pina hinauswollte. »Du glaubst doch nicht etwa, dass ich ...?!«

»Ich glaube gar nichts mehr.« Pina stand auf und drängelte sich durch die Reihen zum Ausgang. Flo war wie erstarrt.
»Pina!«, rief Blanca. »Zum kotzenden Klabautermann, lauf doch nicht weg!«
Doch da hatte Pina schon die Tür hinter sich zugeknallt.
»Ich bin gleich wieder hier!« Flo sprang auf und schob sich zwischen den Mädchen hindurch, da rief Madame: »Florence, du bist vorgeschlagen und darfst den Saal jetzt nicht verlassen!«
Flo sah von Madame zur Tür und wieder zurück, da fasste sie plötzlich eine kleine Hand am Arm. »Ich gehe schon, du musst bleiben – wir brauchen doch dein Talent – Kettenhemd!« Charly sah sie schief an.
Flo biss sich auf die Lippen. »Kümmerst du dich, bis …?«
»Klar-Radar!« Charly zwinkerte ihr zu und rannte hinaus.
Flo setzte sich wieder auf ihren Platz. »Blanca? Du denkst doch nicht etwa auch, dass …«
»Wenn du den Zettel da reingestopft hast, dann wird es eine Erklärung geben, warum er nicht drin war«, fiel Blanca ihr ins Wort – doch überzeugt klang sie nicht. Wie auch?, dachte Flo. Sie hatte ja selbst keine Idee, wann und wie Pinas Namenszettel verschwunden sein konnte!
Den Rest der Zeremonie bekam sie kaum noch mit. Teilnahmslos registrierte sie, dass neben den acht Oberstufenschülerinnen Cilly, Abeba, Blanca und sie mit großer Mehrheit gewählt wurden.
»Kümmerst du dich um alles?«, rief sie Blanca zu, als die Sitzung beendet wurde. »Ich muss zu Pina!« Damit stürzte sie aus dem Saal.

Kapitel
Acht

»Ich konnte sie nirgendwo finden!« Mit hängenden Schultern wartete Charly vor der Tür zu den Sporthallen. »Ich habe echt überall gesucht.«
»Schon gut.« Flo strich ihrer kleinen Schwester über den Kopf. »Ich glaube, ich weiß, wo sie ist!« Sie rannte über den großen Außenhof zum Stall.
Wie Flo vermutet hatte, stand Agas nicht in ihrer Box. Flugs warf sie Eisenherz Trense und Sattel über, dann schwang sie sich auf den Rücken des Hengstes und galoppierte aus dem Schultor, die Berge hinauf.

Schon von Weitem sah sie den kleinen braun-weißen Punkt am Rand des Abhangs. Hier, an der steilen Kante der Bergwiese, die abrupt im Nichts endete, versteckten sie sich immer, wenn sie ihre Ruhe haben wollten.
Flo zügelte Eisenherz, ritt langsam näher und kletterte aus dem Sattel. Sie war sicher, dass ihre Freundin sie längst gehört hatte, trotzdem kehrte Pina ihr weiter den Rücken zu.
»Hey …?«, rief Flo leise.
Pina rührte sich nicht.

»Pina ... Red mit mir!«

Pina hob die Hände und suchte nach Worten. »Ich ... ich möchte dir ja glauben. Wirklich. Aber mir fällt leider absolut keine Möglichkeit ein, wie der Zettel mit meinem Namen verschwunden sein soll!« Sie schaute über die Schulter und warf Flo einen ratlosen Blick zu. »Er kann sich ja nicht in Luft aufgelöst haben!«

Flo machte einen Schritt auf sie zu. »Nein, natürlich nicht, aber ...«

Pina hob abwehrend beide Hände und rappelte sich auf. Einen Moment standen sie sich schweigend gegenüber, dann holte Pina tief Luft. »Als Super-Strategin musst du mir wohl recht geben, dass es eigentlich nur *eine* logische Erklärung geben kann: Du hast einen Zettel mit einem anderen Namen eingeworfen. Du hast ein anderes Mädchen vorgeschlagen.«

»Nein!«, rief Flo völlig außer sich. »Selbst wenn ich fies, ekelig und eine widerwärtige Verräterin wäre – ich müsste doch behämmert sein! Niemand ist besser in Naturkunde als du, und du gehörst zu den besten Bogenschützinnen aller Zeiten! Warum sollte ich das also tun?! Außerdem würde ich dich nie, NIEMALS belügen!«

Pina senkte den Blick und zuckte traurig mit den Schultern. »Dann beweis es mir. Bitte. Denn ich möchte dich nicht als Freundin verlieren.«

Damit ging sie an Flo vorbei, schwang sich in den Sattel und galoppierte davon.

Verzweifelt schleuderte Flo einen Stein in den Abgrund.

Die Dunkelheit war bereits hereingebrochen, als Flo mit Eisenherz durch das große Schultor trabte. An der Pforte zum Stallgebäude lehnte Blanca und wartete.

»Du? Freiwillig am Stall?«, versuchte Flo zu scherzen und sprang aus dem Sattel.

Blanca kniff die Augen zusammen und stemmte die Arme in die Seiten. »Es ist noch ein zweiter Namenszettel aus der Urne verschwunden!«

Flo fuhr herum. »Wer?«

»Chloé Legrand – Kunst und Radrennfahren.«

Ärgerlich schlug sich Flo an die Stirn. Chloé war eine fantastische Künstlerin. Außerdem hatte sie schon jede Menge Preise bei großen Straßenrennen gewonnen. Durch den ganzen Ärger mit Pina hatte sie vollkommen übersehen, dass auch sie nicht unter den Vorgeschlagenen gewesen war!

»Damit ist ja wohl klar: Die Namenszettel sind nicht wahllos verschwunden!«, schnaubte sie. »Es waren die Besten! Da wollte jemand ganz gezielt die Startbedingungen des Matildas verschlechtern! Hast du Pina davon erzählt?«

Blanca trat in den Stallgang und öffnete Eisenherz' Boxtür. »Klar.«

»Jetzt lass dir doch nicht alles aus den Kiemen ziehen! Was hat sie gesagt?«

»Sie meinte, jeder könnte jetzt behaupten, er hätte irgendjemanden vorgeschlagen – schon um sich einzuschleimen.«

»Da hat sie leider recht.« Flo pustete lange aus, dann nahm sie ihrem Hengst Zaumzeug und Sattel ab und gab ihm einen Klaps. Eisenherz schlenderte in die Box und begrüßte Agas mit einem kleinen Wiehern. »Wenigstens die verstehen sich noch ...« Flo schloss die Tür und schaute zaghaft zu Blanca. »Glaubst *du* mir denn?«

Blanca knuffte sie gegen den Oberarm. »Hey, auch wenn du manchmal echt anstrengend sein kannst und mich mit deiner Planerei irre machst – du liebst das Matilda über alles! Und so doof kannst du gar nicht sein, Pina dann aus dem Wettkampfteam zu schießen.«

»Danke«, sagt Flo und schlug den Weg Richtung Torhaus ein. Blanca blieb stehen und zeigte rechts über den Außenhof. »Wir schlafen ab jetzt im Gästehaus, wo die Wettkampfteilnehmerinnen untergebracht sind.«

»Und wo wird Pina ...?«

»Pina ist bei Min-Hai, Olga und Minerva im Kapitelsaal. Mach dir keine Sorgen. Lilly hält ihr böses Schandmaul. Schließlich ist sie auch allein, weil Cilly bei uns im Gästehaus ist. Wir schlafen übrigens in richtigen Betten.«

»Wow«, sagte Flo. Eine Matratze und eine kuschelige Daunendecke waren bestimmt toll, doch freuen konnte sie sich nicht darüber. Seit der ersten Klasse teilte sie sich mit Pina eine Schlafstube. Und nur zweimal in ihrer ganzen Internatszeit hatten sie in getrennten Räumen geschlafen: einmal, als Pina mit Masern auf der Krankenstation lag, und das andere Mal, als Eisenherz Koliken plagten und Pina Madame ablenken musste, damit Flo nachts heimlich im Stall bleiben konnte.

Als sie den ersten Stock des Gästehauses betraten, entdeckte Flo an jeder Zimmertür ein Schild mit den Namen der Bewohnerinnen und ihren Disziplinen. Ganz vorn im Gang

wohnten Abeba und Amal, eine Athletin aus der Oberstufe, die in Literatur und Turnen antrat. Rechts von ihnen teilte sich Cilly einen Raum mit Pirko Hämäläinen, und an der Tür gegenüber stand: *Lin Xiangun – Physik und Bogenschießen / Ella Morricone – Naturkunde und Schwimmen.*
»Pina ist in beidem besser«, flüsterte Flo. Blanca nickte und öffnete ihre Tür. Auf den schlichten Holzbetten warteten schon ihre Stundenpläne, denn ab sofort waren sie von den Aufräumarbeiten befreit, um sich auf die Wettkämpfe vorzubereiten. Ihr Unterricht begann um sieben Uhr in der Früh. Flos Vormittag würde aus Einzelunterricht mit Herrn Ringstrøm bestehen. Am Nachmittag sollte sie von Aaron auf Eisenherz trainiert werden. Blanca startete mit Informatik und musste nach dem Mittagessen zu den großen Seen, um sich für die Segelwettkämpfe fit zu machen.
»So läuft das jetzt die nächsten drei Tage – dann reisen die Teilnehmer der anderen Schulen an«, erklärte Blanca. »Für die wird eine Zeltstadt auf den Südwiesen aufgebaut. Ach, und alle Wettkämpfe, die nicht sportlich sind, finden im Oratorium, Palatorium und den Kunsträumen ...«
Flos Gedanken schweiften ab: Was interessierten sie jetzt die Trainingspläne? Das Matilda war in Gefahr, und ihre beste Freundin wollte nichts mehr mit ihr zu tun haben. Hinter beiden Unglücken steckte dieser fiese, unbekannte Strippenzieher! Es musste eine ehemalige Schülerin sein ... Wenn sie nur eine Ahnung hätte, wer sie war! Dann könnte sie es wenigstens mit ihr aufnehmen, aber so?
»Hey, Flo! Hörst du mir überhaupt zu?!«
Flo schreckte auf. »Was?«

Blanca verdrehte die Augen. »Hey, Rittertochter, jetzt beruhig dich mal! So schnell brennt kein Holzbein!«
»Ich muss rauskriegen, wer Pinas Namen da rausgeholt hat.«
»Nein. Du musst dich auf die Wettkämpfe konzentrieren. Und zwar doppelt, jetzt, wo Pina fehlt. Wir müssen gewinnen! Diese Schweinebacken, die Pinas Zettel geklaut haben, spüren wir später auf!«
Flo schüttelte den Kopf. »Nein! Dahinter steckt dieselbe Gegnerin, die Petronova fertigmachen will. Und diese geheime Strippenzieherin wird weitermachen! Darum müssen wir so schnell wie möglich rauskriegen, wer sie ist!«
Blanca stöhnte. »Von mir aus. Aber jetzt zieh deine Klotten aus, du stinkst nach Gaul.«

Es begann gerade zu dämmern, und zarte rosa Streifen durchzogen den Himmel hinter den Bergen, als Flo und Pina am nächsten Morgen zum Torhaus liefen. Flo fröstelte, doch sie war froh, dass die Wettkämpferinnen so früh, vor allen anderen, frühstücken mussten. Niemals hätte sie es ertragen, an ihrem Extratisch zu sitzen, während Pina auf der anderen Seite des Saals zwischen Min-Hai, Minerva und Olga hockte und sie keines Blickes würdigte. Und so schaufelte sie eilig ihr Müsli hinein und leerte den Kakao im Stehen, damit sie zum Unterricht im Oratorium verschwunden war, bevor die anderen Schülerinnen durch die Gänge strömten. Herr Ringstrøm erwartete sie schon. »Gibt es eine Strategieübung, die du gern trainieren möchtest?«, fragte er, nachdem sie ihm gegenüber an dem alten Eichenschreibtisch Platz genommen hatte.

Flo zuckte mit den Schultern. Herr Ringstrøm lächelte. »Dann frage ich einmal anders: Gibt es ein Problem, das wir lösen sollten, damit du den Kopf für die Wettkämpfe frei hast?«

Im ersten Moment fühlte Flo sich ertappt, doch dann war sie froh, Herrn Ringstrøm ihr Herz ausschütten zu können, und erzählte ihm von dem ganzen Schlamassel mit Pina und dem verschwundenen Zettel.

»Wer steckt hinter diesen ganzen Intrigen?! Für wen arbeiten Richter und seine Kumpanen?!«, beendete Flo ihren Bericht. »Und wie sind die Strippenzieherin und ihre Meuterer an die Urne gekommen und haben treffsicher die Namenszettel von Pina und Chloe da rausgefischt?! Das ist technisch so gut wie unmöglich!«

Herr Ringstrøm zog nachdenklich die Stirn in Falten. »Tja, dann sollten wir genau da mit unseren Überlegungen beginnen. Manchmal bekommt man durch ein kleines Rätsel das große gelöst.«

»Okay, packen wir den kleinsten Zipfel und entwirren das Chaos Schritt für Schritt.« Flo stützte die Ellenbogen auf. »Nachdem die Vorschläge abgegeben waren, wurde die Urne im Panzerschrank eingeschlossen. Den kenne ich! Der ist nicht zu knacken. Gleich nach Gonzales' Ankunft hat Petronova die Urne an ihn übergeben. Dann war sie in seinem Zimmer …«

»Unbewacht«, fiel ihr Herr Ringstrøm ins Wort.

Flo sah ihren alten Strategielehrer überrascht an.

Herr Ringstrøm strich sich das weiße Haar zurück. »Tja, bis zur Versammlung im Fechtsaal war die Urne nicht bewacht.

Das weiß ich, weil ich Dr. Gonzales die Räumlichkeiten hier gezeigt habe. Anschließend hat er die Sportplätze begutachtet. Das Ganze hat knapp zwei Stunden gedauert.«

»Zwei Stunden ... da kann eine Menge passieren ... andererseits ...« Flo schüttelte den Kopf. »Nein, die Zeit reicht nicht! Der Schlitz in der Urne war so schmal, dass wir unsere Vorschlagszettel gerade so hindurchschieben konnten. Wie sollte man ein zusammengefaltetes Papier wieder rausziehen? Die Dinger haben sich im Inneren ja auch noch leicht geöffnet! Es hätte ewig dauert, nur einen einzigen Zettel durch den kleinen Spalt zu pfriemeln. Und da steckten über sechzig drin! Außerdem ist die Wahrscheinlichkeit, dass die Vorschläge mit Pina und Chloe als Erste rausgeprokelt wurden, supergering!«

Herr Ringstrøm nickte. »Dann fragen wir mal anders: Wenn du der Täter wärst und diesen Betrug geplant hättest – wie hättest du dich vorbereitet?«

Flo legte den Kopf schief und überlegte einen Moment. »Ich glaube ... ich hätte mir eine zweite Urne besorgt! Dann hätte ich die erste zerschlagen, die betreffenden Namen aussortiert und die übrigen Zettel in die Ersatz-Urne gesteckt.«

Herr Ringstrøm schien nicht ganz überzeugt von Flos Idee.

»Verstehe«, stöhnte Flo. »Woher soll der Täter die Ersatz-Urne bekommen haben? Die gibt es ja nicht im Supermarkt an der Ecke zu kaufen. Wahrscheinlich ist es eine Spezial-Anfertigung, an die nur das Wettkampf-Komitee kommt ...« Sie stockte. »Glauben Sie, Dr. Gonzales steckt mit den Tätern unter einer Decke?«

Her Ringstrøm zuckte mit den Schultern. »Das musst du

herausbekommen. Und wenn deine Theorie stimmt, dann müsste ja noch irgendwo ein Haufen Scherben von der ersten Urne liegen.« Er nickte Flo zufrieden zu. »Ich werde Dr. Gonzales nach dem Mittagessen auf einen kleinen Spaziergang mit anschließendem Espresso bitten. Gewöhnlich benötige ich dafür fünfundvierzig Minuten.«
»Verstanden«, sagte Flo. So viel Zeit blieb ihr also, Dr. Gonzales' Zimmer auf Scherben und Hinweise auf eine Mittäterschaft zu durchsuchen ... Vielleicht kamen sie über ihn an die geheime Drahtzieherin?

Nach dem Strategie-Unterricht sprang Flo schwungvoll die Treppenstufen des Südflügels hinunter. Mit einem Plan im Kopf ging es ihr gleich viel besser. Außerdem musste sie sofort Blanca einweihen. Schließlich wollte sie nicht allein auf Spurensuche in Gonzales' Zimmer gehen.
»Neuigkeiten«, wisperte Flo, als sie sich neben Blanca auf die Bank an ihrem Extratisch im Speisesaal schob. Dann beugte sie sich vor und flüsterte ihr durch die roten Locken ins Ohr. Blanca hörte kauend zu und grinste. »Super, ein kleiner Regelbruch. Ich kriege nämlich schon Ausschlag von den vielen ordentlichen Wettkampfvorschriften.«

Das Zimmer von Dr. Gonzales befand sich im Erdgeschoss des Gästehauses, ganz am Ende des langen Südflurs. Blanca lauschte sicherheitshalber noch einmal an den umliegenden Türen. Als sie kein verdächtiges Geräusch vernahm, gab sie Flo einen Wink. Flo holte ihren Dietrich aus der Tasche und hebelte mit zwei geschickten Drehungen das Schloss auf. Blanca drückte die Klinke herunter und stiefelte lässig an ihr vorbei in das Zimmer.

»Wow! Echt nobel hier!« Mit einem Plumps ließ sie sich in einen tiefen Sessel fallen.

»Wir sind zum Arbeiten hier! Los!« Flo kniete sich auf den Boden und fuhr mit den Fingern über den blauen chinesischen Teppich. »Autsch!« Sie hob den Zeigefinger. In der Kuppe steckte ein kleiner weißer Porzellansplitter. »Da haben wir's!«

Blanca sprang aus dem Sessel. »Hey! Vielleicht ist er im Fechtsaal in den Splitter gelatscht und hat ihn unterm Schuh hier reingeschleppt. Das kleine Ding reicht nicht als Beweis. Du brauchst schon ein paar richtige Scherben.«

Das wusste Flo selbst. Also durchsuchten sie die Mülleimer, schüttelten den verschlossenen Koffer, pulten in den Ritzen der Bohlen und krabbelten unter die Möbel – doch nirgends waren die Bruchstücke einer weißen Urne zu finden. Und auch kein Hinweis, dass Gonzales mit den Tätern unter einer Decke steckte.

»Mist«, fluchte Flo und tauchte hinter einem zierlichen Mahagoni-Tisch auf – da sah sie plötzlich zwischen den Spitzengardinen hindurch Herrn Ringstrøm und Dr. Gonzales über den Hof kommen. »Aktion beendet! Los, raus hier!«, zischelte sie und stürzte zur Tür – doch im selben Moment hörte sie Schritte auf dem Flur, die zügig näher kamen. Blanca machte Flo ein Zeichen und rollte sich unters Bett. Flo warf sich auf den Boden und robbte ihr nach. Da drehte sich auch schon ein Schlüssel im Schloss herum. Langsam öffnete sich die Tür.

»Hallo? Guten Tag?«, fragte eine Frauenstimme, die Flo noch nie gehört hatte. Dann sah sie ein Paar schwarze, spitze Pumps aus Lackleder mit einem kleinen Strass-Stein am Absatz, die zielstrebig zum Schrank marschierten. Die Schranktür knatschte, dann kruschelte es. Die Frau durchsuchte Gonzales' Sachen! Ungefähr eine halbe Minute später eilten die Pumps am Bett vorbei zum Badezimmer. Nun hallte Gekruschel aus dem gekachelten Raum. Flo konnte es nicht fassen – doch die Pumps-Tante machte sich an Gonzales' Kulturtasche zu schaffen! Dann klappte der Deckel des Mülleimers.

Aber was auch immer sie da sucht, betete Flo, hoffentlich beeilt sie sich damit! Denn gleich stünde Dr. Gonzales vor der Tür – und dann säßen sie in ihrem Versteck unterm Bett in der Falle! Sie könnten nicht zum Training gehen, und das würde richtig Ärger geben. Denn wie, bitte schön, sollten sie ihr Schwänzen erklären?

»Guten Tag«, brummte da die tiefe Stimme von Dr. Gonzales, und Flo wurde schwummerig.

Kapitel
Neun

Flo rutschte noch ein Stückchen tiefer unter das Bett und hielt die Luft an.

»Ich schaue nur schnell nach den Handtüchern und dem Toilettenpapier, Herr Doktor!«, trällerte die Stimme aus dem Badezimmer. »Dann bin ich weg!«

Kurz darauf sah Flo die schwarzen Lackpumps vom Badezimmer zur Tür trippeln.

»Einen schönen Nachmittag, Herr Doktor!«

»Ihnen auch«, brummte Gonzales zurück.

Leise drehte Flo sich zu Blanca. Die verzog das Gesicht und formte lautlos mit den Lippen: Krabbenkacke. Im selben Moment ließ sich Dr. Gonzales auf das Bett fallen. Die Federn quietschten, und das Drahtgeflecht bog sich so weit durch, dass es sich in Blancas Locken verfing. Wütend drohte sie mit der Faust nach oben, und Flo fürchtete schon, dass sie einen ihrer Piratenflüche ausstoßen würde, da beugte sich Dr. Gonzales mit einem lauten Ächzer herunter, und zwei fleischige Hände erschienen vor der Bettkante. Flo und Blanca rührten sich keinen Millimeter. Mühsam stellte Dr. Gonzales einen Fuß vor und band seine Schnürsenkel auf. Dabei sah

Flo, dass seine Schuhsohlen ein weiches, welliges Profil besaßen. Ohne Probleme hätte sich ein kleiner Splitter darin verfangen können.

Nachdem Dr. Gonzales beide Schuhe abgestreift hatte, erhob er sich laut stöhnend und schlurfte ins Bad. Flo hörte, wie er den Reißverschluss seiner Hose öffnete. Sie gab Blanca einen Stoß: Das war ihre Chance! Flugs kroch sie unter dem Bett hervor. Aus dem Bad klang jetzt ein Plätschern. Flo pirschte sich ein weiteres Stückchen vor und spähte um die Ecke. Dr. Gonzales stand vor dem Klo und drehte ihnen den Rücken zu. So schnell Flo konnte, krabbelte sie zur Zimmertür. Sie betete, dass Gonzales jetzt nicht in den Spiegel schaute! Doch offensichtlich hatte er mehrere Espressi getrunken, denn Flo blieb genügend Zeit, die Hand zur Klinke zu strecken, die Tür aufzuziehen und hinauszuschlüpfen. Nun jagte Blanca los. Im selben Moment betätigte Gonzales die Spülung. Doch bevor er sich umdrehte, hechtete Blanca aus dem Zimmer, und Flo drückte die Tür ins Schloss. Schwer atmend lagen sie auf dem Teppich des Flurs.

Aus dem Zimmer drang wieder das Quietschen der Bettfedern. Wahrscheinlich hatte sich Gonzales für ein Nickerchen ausgestreckt.

»Ist Gonzales nur ein ahnungsloses Opfer? Und wenn, woher hatten die Verräter dann die zweite Urne? Und wer war dieses Zimmermädchen?« Die Fragen ratterten nur so aus Flos Mund, als sie in die Sonne auf den Außenhof traten.

Blanca kratzte sich am Kopf. »Na ja, ohne Grund wird diese Pumps-Tussi Gonzales' Zimmer nicht durchsucht haben.«

Flo blieb stehen. »Vielleicht ist *sie* die unbekannte Strippenzieherin?!«
Blanca zuckte mit den Schultern. »Kann sein. Hast du ihre Stimme schon mal irgendwo gehört?«
»Nee, aber die kann sie ja auch verstellt haben.« Flo seufzte. »Pina hätte sie bestimmt sofort erkannt, mit ihrem feinen Gehör ...«
»Vielleicht – aber das hilft uns jetzt nicht weiter. Hast du ihre Schuhe schon mal irgendwo gesehen? Erinnern dich ihre Beine an irgendwen?«
»Neee ...« Flo zog nachdenklich die Stirn kraus. »... aber sie konnte ziemlich gut auf diesen Stöckeln laufen. Lass mal überlegen ...«
»Das machen wir später!«, würgte Blanca Flos Grübelei ab. »Jetzt müssen wir uns in den Wind werfen, sonst kommen wir total zu spät zum Training!«

Als Flo kurz darauf um die Ecke des Stalls bog, lehnte Aaron mit verschränkten Armen in der Tür. »Ich dachte schon, du kommst nicht mehr.«
»Wir wurden aufgehalten, entschuldige bitte.« Flo eilte an ihm vorbei und holte ihr Sattelzeug. »Auf welchen Pferden reiten eigentlich unsere Konkurrenten?«, fiel ihr plötzlich ein. »Und wo sollen die stehen? Hier ist keine Box frei!«
»Keine Ahnung«, antwortete Aaron. »Ich sollte weder eine Box freiräumen noch mich im Dorf um einen Stellplatz kümmern.«
Beunruhigt legte Flo Eisenherz die Trense um. »Wieso machen die da so ein Geheimnis draus?«

»Wir werden sehen«, beschwichtigte Aaron. »Und nun komm, damit wir endlich mit dem Training beginnen können.«

Während Flo auf Eisenherz in den kommenden drei Stunden auf dem Reitplatz eine Dressur einstudierte und über den internatseigenen Hindernis-Parcours jagte, fuhren mehrere große Lastwagen auf das Schulgelände. Sie bogen auf den Außenhof und rumpelten von da aus weiter auf die Südwiesen. Und als Flo nach den Reitstunden zum Innenring zurückspazierte, standen schon die ersten Zelte auf der Wiese. Leuchtend weiß hoben sich die Spitzen gegen den bunten Herbstwald ab. Fast wie bei einem echten Ritterturnier, dachte Flo, und plötzlich freute sie sich auf die Schulweltmeisterschaft – trotz allem Ärger und der tausend Fragen, die in ihrem Kopf brummten.

Die nächsten beiden Tage vergingen wie im Flug. Sie trainierten, wurden auf die Wettkampfregeln vorbereitet, die Zeltstadt wuchs und wuchs – und Pina ging Flo immer noch aus dem Weg. Aber das war ja auch kein Wunder: Schließlich hatte Flo immer noch keinen Beweis für ihre Unschuld. Neben den vielen Trainings- und Unterrichtsstunden war es fast unmöglich, weiter zu ermitteln. Jeden Abend, wenn sie hundemüde zu Bett gehen wollten, schob Madame einen Umschlag unter der Tür hindurch, in dem sich eine Liste mit weiteren Aufgaben befand.

Ein paar Dinge hatten Flo und Blanca allerdings trotzdem herausbekommen: Erstens: Richter hatte in der Zeit, als die Urne unbeaufsichtigt in Gonzales' Zimmer stand, im Exploratorium gearbeitet. Er selbst konnte die Namensvorschläge also nicht manipuliert haben. Genauso war es mit den anderen Meuterern: Alle waren in den zwei Stunden an anderen Orten im Internat gesehen worden. Zweitens: Es gab kein Zimmermädchen im Gästehaus! Madame persönlich war für die Betreuung von Dr. Gonzales zuständig.

»Das war alles nur Tarnung! Und damit ist diese Pumps-Tante unsere Hauptverdächtige«, folgerte Flo am Abend, während sie mit schlappen Armen Zahnpasta auf ihre Bürste schmierte. »Wahrscheinlich ist *sie* unsere geheime Strippenzieherin, die auf Petronovas Stuhl will! Und jetzt bin ich auch ziemlich sicher, dass sie hier im Internat lebt! Denn eine Fremde, die in der Verkleidung vorn durchs Haupttor gekommen wäre, hätte doch sofort Aufmerksamkeit erregt!«

»Wieso bist du eigentlich so sicher, dass die Pumps-Tussi keine von Richters Meuterinnen ist?« Blanca drängelte Flo ein Stück beiseite, damit sie auch Platz am Waschbecken fand.

»Überleg doch mal: Die Pumps-Tussi hatte schlanke, schöne Beine – ganz im Gegensatz zu Handarbeitslehrerin Silk mit ihren kurzen, dicken Stampfern. Wullenstein fällt ebenfalls raus: Die hat so breite Quadratlatschen, mit denen hätte sie nie in diese Pumps gepasst! Das weiß ich hundertpro, weil sie im Sommer immer so hässliche Gesundheitssandalen trägt. Und Ungut-Drüber zieht nach einem Unfall das linke Bein nach – die kann gar nicht so lockerleicht trippeln!«

»Verstehe. Das heißt, wir tappen total im Dunkeln und haben nur drei Anhaltspunkte?«, fragte Blanca.

Flo spuckte die Zahnpasta ins Becken. »Genau. Wir wissen

nur: Die Strippenzieherin muss eine ehemalige Matilde sein, die hier im Internat lebt und gut auf hohen Absätzen gehen kann.«

Blanca überlegte: »Außer Petronova tragen hier nur drei Lehrerinnen Stöckelschuhe: Sternenkundlerin Santiago, Bibliothekarin Libro und Musiklehrerin Crescendo – aber die haben sich bisher alle zu Petronova bekannt.«

Flo nickte. »Ja, aber das könnte auch nur Tarnung sein.«

»Krabbenkacke, ist das alles kompliziert!« Blanca stampfte ärgerlich auf. »Minerva, Olga und Min-Hai sollen gleich morgen die Zimmer aller Lehrerinnen und die vom Personal nach den Pumps durchsuchen.«

Flo nickte. »Ja, und wir müssen schleunigst herausbekommen, wer hier alles zur Schule gegangen ist.«

»Und wie, wenn sie es nicht zufällig mal jemandem erzählt haben?« Blanca winkte ab. »In ihren Lebenslauf darf es doch keine reinschreiben wegen des Matilda-Schwurs.«

Im selben Moment hörten sie einen Ratsch – und fuhren herum. Unter der Tür war ein neuer Aufgabenbrief hindurchgeschoben worden.

»Langsam reicht es«, murrte Blanca. »Wir sind ja fix und fertig, bevor es richtig losgeht.«

Doch nachdem sie den Umschlag geöffnet hatte, sprang sie mit einem Kapersprung auf den Schreibtisch. »Sirenen und Klabautermänner! Es geht los!«, brüllte sie so laut, dass ihre Zimmernachbarinnen von rechts und links empört gegen die Wände klopften.

Flo grapschte nach dem Zettel. Da wurde in großen schwarzen Buchstaben die Ankunft ihrer Gegner angekündigt! Na-

türlich gab es auch für die Begrüßung wieder einen strengen Ablauf, der gleich am nächsten Morgen mit allen Matilden geübt werden musste, aber dafür hatte das Warten endlich ein Ende.
»Super!«, flüsterte Flo. »Außerdem ist das die Gelegenheit, die anderen in unsere Pläne einzuweihen.« Sie hüpfte aufs Bett und schlug vor Freude einen Salto.

Am folgenden Tag, pünktlich um acht Uhr, kreischte Madame Maseleiges Megafon über den Außenhof, und dann mussten alle Matilden wieder und wieder die große Begrüßungszeremonie proben. »Alles muss perfekt sein!«, trötete Madame so laut, dass Flo die Trommelfelle vibrierten. Immerhin konnte sie bei dem Krach unbemerkt ihre Freundinnen auf den Stand der Dinge bringen. Während sie auf und ab marschierten, erklärte sie Abeba, Min-Hai, Olga und Minerva, was dringend zu tun war. Ihre Freundinnen waren sofort dabei. Pina hingegen hielt zu Flos Unglück einen größtmöglichen Abstand zu ihr.
»Das wird schon«, tröstete Min-Hai. »Sie hofft doch genauso wie du, dass es eine logische Erklärung für das Verschwinden ihres Namenszettels gibt.«
»Sicher?«, fragte Flo.
»Ganz sicher«, beteuerte Olga.
Beim nächsten Probedurchlauf hatten die Mädchen einen Plan gemacht. »Wir schleichen uns gleich abwechselnd vom Putzen weg«, wisperte Minerva im Vorbeigehen, und Min-Hai versprach: »Olga und ich beginnen sofort mit der Durchsuchung.«

Als die Proben kurz darauf beendet waren, sausten ihre Freundinnen los, und Flo und Blanca gingen zum Training. Flo war nervös. Noch immer hatte niemand herausbekommen, wann und woher die Pferde der anderen Schulen kommen sollten. Brachten sie überhaupt ihre eigenen Pferde mit? Oder liehen sie sich irgendwo Pferde? Es gefiel ihr gar nicht, dass sie ihre Gegner nicht einschätzen konnte! Denn andersherum hatten die ausreichend Gelegenheit, Eisenherz und sie beim Training zu beobachten!
Flo versuchte, die schlechten Gedanken beiseitezuschieben, und übte stattdessen noch einmal ihre Dressur und den Parcours. Danach zog sie sich in ihr Zimmer zurück, blätterte in Evakuierungsvorschriften der Bergwacht und überarbeitete auf einer Karte die Wege des Londoner Flughafens Heathrow zu den Notausgängen. Da gab es Handlungsbedarf.
Erst der laute Gongschlag ließ sie aus ihrem Training aufschrecken. Es war so weit!
Alle Schülerinnen versammelten sich wieder auf dem Außenhof und stellten sich, sortiert nach Klassenstufen, in ihren roten Samtumhängen auf. Als Wettkampfteilnehmerinnen mussten Flo und Blanca in der ersten Reihe stehen, weil sie die Gäste persönlich begrüßen sollten.
Und dann endlich, um Punkt vier Uhr, rollten zwei große Busse durch das Internatstor und hielten vor den Sporthallen. Als Erstes stiegen die Schweden aus: achtzehn aufgeregt plappernde Schülerinnen und Schüler. Manche waren noch total verschlafen, andere hatten ihre Kopfhörer auf den Ohren und bekamen überhaupt nichts mit. Die vier Lehrkräfte hatten alle Mühe, Ordnung in den Haufen zu be-

kommen. Es dauerte bestimmt fünf Minuten, bis sie sich um die schwedische Fahne herum im Halbkreis aufgestellt hatten.

Dann öffneten sich die Türen des zweiten Busses. Nacheinander, in perfekt sitzenden Schuluniformen, sprangen die sechzehn Abgesandten der amerikanischen Jungenschule hinaus. Ihnen folgten acht Lehrkräfte, zwei Physiotherapeuten und ein Motivations-Coach – jedenfalls stand es so auf ihren grün-gelben Polohemden.

»Die haben ja fast so viele Betreuer wie Teilnehmer …«, flüsterte Flo.

Jetzt spielte das Matilda-Orchester eine Fanfare. Die Schweden bildeten eine unordentliche Reihe, schritten an den Matilden vorbei und schüttelten jeder die Hand. Dann marschierten die Amerikaner an beiden Mannschaften vorbei. Es war ein bisschen wie bei großen Fußballturnieren.

»Das dauert und dauert«, nölte Blanca.

»So steht es in den Wettkampfregeln«, zischelte Amal von links. Von hinten hörten sie aufgeregtes Getuschel. »Boah, der sieht ja süß aus!«, und: »Hast du *den* gesehen?«

Da rumpelte plötzlich ein kleiner hellblauer Lieferwagen mit der Aufschrift *Panificio di Danelli* auf den Hof.

Blanca grinste. »Spitzenzeitpunkt!«

»Woher soll Luca denn wissen, wann die hier ankommen?!«, verteidigte Flo ihn wie aus der Pistole geschossen. Im selben Moment sprang ein hübscher Junge mit schwarzen Locken und auffällig graublauen Augen aus dem kleinen Transporter. Etwas verwirrt sah er sich um. Klar, normalerweise kamen nie Fremde hier oben in die Berge in das versteckte alte

Kloster. Flo versuchte, Lucas Blick aufzufangen, doch bevor er sie entdecken konnte, raste Madame Maseleige heran und scheuchte ihn und seinen Bruder Federico mit aufgeregten Armbewegungen vom Außenhof. Jetzt tröteten die Fanfaren zum zweiten Mal. Dieses Signal bedeutete, dass die Matilden die Wettkampfgegner in die Zeltstadt bringen und ihnen beim Gepäck helfen sollten. Flo und Blanca waren den Amerikanern zugeteilt.

»Let's go!« Blanca schnappte sich wahllos zwei Sporttaschen aus dem Gepäckraum. Flo lud sich einen Rucksack auf, dann bog sie um den Bus – und stand direkt vor Luca, der einen großen Brotkorb schleppte. »Was ist denn hier los?«, fragte er.

»Schulweltmeisterschaft«, zischelte Flo zwischen den Zähnen hervor. »Bei euch alles okay?«

»Nach dem Sturm hatten wir zwei Tage Stromausfall und jede Menge vollgelaufener Keller, dafür gab es schulfrei. Aber jetzt ist fast wieder alles in Ordnung.«

»Sorry?« Ein Junge im grün-gelben Polohemd, blonder Tolle und einer Zahnspange, die mit seinen schneeweißen Zähnen um die Wette blitzte, sah Flo herausfordernd in die Augen. »Da du schon meinen Rucksack hast – könntest du mir auch mein Zelt zeigen?«

»Äh, ja, klar!«, sagte Flo und wies Richtung Südwiesen.

»Was sind das denn für Lackaffen?«, zischelte Luca.

»Unsere Gegner!«, zischelte Flo zurück und wollte schon losmarschieren, da hielt Luca sie kurz am Arm fest. »Kommt ihr drei morgen ins Dorf?«

Flo schüttelte den Kopf und rannte dem Jungen nach.

Kurz bevor Blanca, die Zahnspangen-Tolle und ein äußerst hübscher, dunkelhäutiger Junge die Südwiesen erreicht hatten, holte Flo die drei ein.
»Ich glaube, wir haben uns die richtigen Taschen geschnappt«, raunte Blanca mit einem Grinsen. »Guck mal zu Cilly, haha – die hat den Super-Nerd erwischt!« Sie deutete mit dem Kinn zu einem bebrillten Schlacks mit Schrankkoffer.

Die Zeltstadt bestand aus einer Hauptstraße, an der das Speisezelt, Gemeinschaftsräume und die Behausungen der Betreuer standen. Auf einer Art Marktplatz, von dem kleine Seitenstraßen abgingen, war ein Plan aufgestellt. »Dann wollen wir mal sehen, wo ihr wohnt.« Flink studierte Flo die Karte und die Beschreibung, da streckte ihr die Zahnpasta-Tolle die Hand entgegen.
»Wir haben uns noch gar nicht vorgestellt. Dave – Tennis und Physik.« Er lächelte sie freundlich mit seinen weißen Zähnen an. Flo nahm die Hand und schüttelte sie kräftig.
»Florence – Reiten und Strategie.«
Blanca ließ die beiden Sporttaschen fallen und schob Dave die Faust zum Gegenstoßen hin. »Blanca – Segeln und Informatik.« Dann drehte sie sich zu dem schönen, dunkelhäutigen Jungen und legte den Kopf schief. Flo blieb der Mund offen stehen. Klimperte Blanca da tatsächlich mit den Wimpern?
»Und wer bist du?«, fragte Blanca und warf ihre roten Locken zurück.
»Joel – Radfahren und … auch Informatik.«

Blancas Lächeln gefror, und Flo presste sich die Hand auf den Mund, um nicht laut loszuprusten.

»Na, dann mach dich mal auf was gefasst!«, fauchte Blanca und drehte sich zu dem Plan. »Euer Zelt ist da drüben.« Damit kickte sie die Taschen in die Richtung, in die sie zeigte, und stapfte davon.

»Habe ich etwas falsch gemacht?«, fragte Joel verwirrt. Flo schüttelte den Kopf. »Blanca ist halt so piratenmäßig unterwegs. Viel Feind – viel Ehr'! Verstehst du?«

»Nee«, sagte Dave.

»Ihr kommt schon noch dahinter.« Flo setzte den Rucksack ab und folgte ihrer Freundin. Da entdeckte sie plötzlich ein paar Meter weiter vorn Dr. Gonzales. Das war die Gelegenheit!

»Dr. Gonzales!«, rief Flo und rannte ihm nach.

Der dicke Herr drehte sich um. »Bitte?«

»Ich habe eine Frage«, schoss Flo los. »Diese Urnen, das sind ja ganz besondere – stellen Sie die extra für die Schulweltmeisterschaft her?«

Dr. Gonzales schaute erst überrascht, dann lächelte er geschmeichelt. »Die Porzellan-Urnen sind mein persönlicher Entwurf. Sie werden in einer kleinen Manufaktur in Savannah, Georgia hergestellt.«

»Ach, und kann man sie da einfach so kaufen?«, fragte Flo extra blöde.

»Natürlich nicht! Wir stellen jedes Jahr nur vier Stück her. Damit wir Ersatz haben, falls eine auf dem Transport beschädigt wird oder verschwindet – wie jetzt.«

Flo blieb abrupt stehen. »Wie meinen Sie das?«

»Na, die französische Schule, die abgesprungen ist, sollte die für sie vorgesehene Urne ja an euer Internat senden. Doch leider ist sie nie hier angekommen. Aber dank meiner vorzüglichen Planung konnte ich umgehend Ersatz aus Georgia schicken lassen.«

»Was für ein Glück«, sagte Flo und fügte listig hinzu: »Die französische Urne ist wahrscheinlich nie wiederaufgetaucht, nehme ich an.«

Dr. Gonzales schüttelte mit einem Seufzer den Kopf. »Leider nein. Die Kurierdienste werden von Jahr zu Jahr unzuverlässiger. Wenn du mich jetzt entschuldigst, mein Kind.« Damit schnaufte er davon.

»Aber gern«, murmelte Flo und peste los. Das musste sie sofort Blanca erzählen! Doch als sie zwei Minuten später die Tür zum Gästehaus aufriss, bekam sie erst einmal einen Riesenschreck.

Kapitel
Zehn

»Schnell! Wir brauchen Hilfe!« Blanca kniete hinter der würgenden Cilly auf dem Boden und hielt ihren Kopf. »Ich glaube, sie hat eine Vergiftung!«

Flo machte auf dem Absatz kehrt und raste zum Torhaus. Im Kreuzgang stieß sie auf Charly und Mette. »Los, sucht Krankenschwester Schorf, sie soll sofort ins Gästehaus kommen!« Dann rannte sie weiter zum Osttrakt und stürzte die Treppe hinauf. »Minerva!«, schrie sie. »Wo bist du?«

Im zweiten Stock schaute ihre Kräuterfachfrau mit einer Schaufel bewaffnet aus einem schlammverschmierten Zimmer. »Was gibt's?«

»Schnell«, rief Flo atemlos. »Cilly hat wahrscheinlich eine Vergiftung! Wir brauchen deine Hilfe!« Nun kamen auch Min-Hai und Olga herbeigerannt. Aus den Augenwinkeln sah Flo, wie Pina den Kopf aus einem anderen Zimmer streckte. Gemeinsam wetzten sie zum Gästehaus, wo Cilly sich mittlerweile übergeben hatte und leise wimmerte: »Mein Mund brennt so …«

Minerva zog Cilly die Zunge heraus und betrachtete sie, dann sah sie ihr prüfend in die Augen. »Mmmh-mmmh«,

machte sie nachdenklich, streifte ihr Ledermäppchen vom Gürtel und zog eins der vielen kleinen Röhrchen heraus.
»Mund auf – jetzt gibt es Kohle!« Sie schüttelte Cilly ein schwarzes Pulver auf die Zunge. Sofort begann Cilly wieder zu würgen. Minerva drückte ihr den Mund zu. »Schlucken. Das bindet den Giftstoff.«
Im selben Moment schossen Lilly und Krankenschwester Schorf um die Ecke. »Was ist passiert?«, rief die Krankenschwester – und nun mussten alle würgen, denn Schwester Schorf stank mal wieder so bestialisch nach Veilchenduft, dass es schon in den Augen brannte.
»Es sieht ganz nach einer Vergiftung aus. Übelkeit, Mundbrennen und Schweißausbruch«, näselte Minerva mit zugehaltener Nase. »Ich habe ihr Kohle gegeben.«
»Gut«, lobte Krankenschwester Schorf und versuchte, Cilly in die halb geschlossenen Augen zu schauen. Dann drehte sie ihren Kopf von links nach rechts und seufzte beunruhigt. »Kannst du gehen?«
Cilly nickte schwach und öffnete leicht die Lippen. »Das brennt wie Feuer!«
Schwester Schorf nickte ihr beruhigend zu. »Wir kriegen das hin. Ich nehme dich zur Beobachtung mit auf unsere Ersatz-Krankenstation im Exploratorium, und in ein paar Tagen bist du wieder fit.«
»Heißt das, sie kann nicht antreten?!«, rief Flo. »Dann fehlt uns eine Wettkämpferin!«
»Gesundheit geht vor«, raunzte Schwester Schorf. »Eine Vergiftung mit Hundspetersilie ist nicht zu unterschätzen!«
Aufgebracht drehte sich Flo zu Pina. »Glaubst du mir jetzt,

dass hier irgendjemand versucht, die Besten aus dem Verkehr zu ziehen?!«

»Hast du das gehört, Cilly?«, säuselte Lilly, während sie ihrer Cousine vorsichtig auf die Beine half. »Deine Erzfeindin hat laut ausgesprochen, dass du eine der Besten bist!«

»Halt die Klappe, dumme Flunder«, fuhr Blanca sie an.

Beleidigt schloss Lilly den Mund und schleifte Cilly gemeinsam mit Schwester Schorf nach draußen.

Flo sah Pina erwartungsvoll an. Doch die hielt weiterhin den Blick gesenkt.

»Pina! Was soll denn noch passieren, damit du mir glaubst?! Jemand will hier ganz gezielt unser Team schwächen und schreckt vor nichts zurück, damit wir verlieren!«

Da streckte Pina ohne Aufzuschauen Flo die Hand entgegen. Statt die Hand zu nehmen, fiel Flo ihr einfach um den Hals und drückte sie. Dabei musste sie dreimal heftig schlucken, damit ihr vor Erleichterung nicht die Tränen kamen.

»Tut mir leid«, flüsterte Pina.

Flo machte sich los. »*Mir* tut das alles superleid.«

»Friede?«, brummte Blanca.

»Friede«, sagte Pina.

Blanca schlug sich mit der Faust in die hohle Hand. »Krabbenkacke noch mal, das wurde aber auch Zeit.«

»Puh«, pustete Flo aus und wuschelte sich durch die Haare. »Tja, also dann ... dann müssen wir hier erst mal das Gespuckte wegmachen. Und dann müssen wir rauskriegen, wer Cilly vergiftet hat, wer überhaupt hinter dieser Intrige steckt, und was diese geheime Strippenzieherin und ihre Leute als Nächstes vorhaben!«

»Du machst mich echt fertig, Rittertochter«, stöhnte Blanca. »Ich kenne niemanden, der auch noch organisiert, dass Rausgekotztes weggewischt werden muss!«

Und nun mussten alle lachen – obwohl die Lage todernst war.

Nachdem sie ihre kleine Putzaktion beendet hatten, beratschlagten sie, wie sie weiter vorgehen sollten.

Die Pumps des mysteriösen Zimmermädchens waren bisher noch nicht aufgetaucht, obwohl Olga und Min-Hai schon die Zimmer aller Lehrerinnen und Angestellten im Internat durchsucht hatten.

»Ich habe auch neue Informationen«, berichtete Min-Hai. »Agricola und Crescendo sind hier zur Schule gegangen – sie kämen als Direktorinnen infrage.«

»Crescendo trägt hohe Absätze!«, überlegte Flo laut.

»Aber Agricola interessiert sich nur für ihre Tiere und den Stall«, stellte Pina fest. »Habt ihr die mal in was anderem als Gummistiefeln gesehen?«

»Das hat nichts zu sagen«, knurrte Blanca. »Deren Zimmer müsst ihr auf jeden Fall noch einmal durchwühlen, am besten doppelt und dreifach!«

»Wir werden sie im Auge behalten und weiter nach ehemaligen Matilden forschen«, versprach Olga.

»Wenn wir rauskriegen wollen, wer Cilly vergiftet hat – «, meldete sich nun Minerva zu Wort, »dann müssen wir wissen, was Cilly gegessen und getrunken hat.«

Flo nickte. »So könnten wir der Strippenzieherin auch auf die Spur kommen.«

»Beim Mittagessen kann es jedenfalls nicht passiert sein«,

sagte Pina. »Wir haben alle aus denselben Schüsseln vom Laufband gegessen – wenn da etwas vergiftet gewesen wäre, lägen wir alle flach.«

»Kannst du Cillys Zimmer öffnen, Flo?«, fragte Minerva. »Ich muss die Lebensmittel und Getränke einsammeln und überprüfen.«

Flo zog ihren Dietrich aus der Tasche. »Logo. Außerdem müssen wir dafür sorgen, dass ab sofort keine Wettkämpferin mehr irgendetwas isst oder trinkt, von dem sie nicht weiß, wo es herkommt.«

»Wie soll das gehen?«, fragte Blanca. »Heute Abend ist das große Freundschaftsfestmahl mit den Schweden und Amerikanern.«

Flo überlegte einen Moment. »Wir müssen die Teller tauschen. In dem Moment, wo alle eine Portion vor sich haben. Und jeder muss es sehen – damit dem Täter klar ist, dass Vergiften zwecklos ist, weil man auch den Falschen treffen kann.«

»Was kann ich tun?« Pina sah Flo fragend an.

»Die erste Urne, die von der französischen Schule zum Matilda geschickt wurde, ist auf dem Postweg verschwunden. Kannst du rauskriegen, wann, wo und wie?«

»Alles klar«, sagte Pina. »Und ihr beide achtet bitte doppelt gut auf euch. Und warnt Abeba und die anderen Wettkämpferinnen. Wir brauchen jetzt jedes Mädchen, sonst retten wir das Matilda und Petronova nie!«

Das große Festessen sollte um 18.00 Uhr beginnen. Flo und Blanca bauten sich eine Viertelstunde vorher im Flur des

Gästehauses auf und fingen die anderen Wettkämpferinnen ab, um von der gemeinen Vergiftungsattacke gegen Cilly zu berichten.
Einige waren erschrocken, andere verdächtigten die Schweden oder Amerikaner. Wieder andere wollten nicht glauben, was Flo und Blanca erzählten.
»Es könnte doch auch eine ganz normale, zufällige Lebensmittelvergiftung sein«, wiegelte Ella, ihre Schwimmerin, ab.
Blanca rollte mit den Augen. »Mit dieser komischen Hundspetersilie? Glaubst du, Cilly stopft sich einfach irgend so ein Kraut in den Mund?«
»Wie auch immer«, schloss Flo. »Wir müssen jetzt alle megawachsam sein. Und es wäre besser, wenn wir uns nicht mehr irgendwo allein aufhalten, sondern immer zu zweit.«
Ein paar Große zogen zweifelnd die Augenbrauen hoch, und als sie das Gästehaus verließen, konnte Flo beobachten, wie sie lässig abwinkten.
»Die halten uns für hysterisch«, knurrte Blanca.
»Wir haben sie gewarnt, mehr können wir auch nicht tun«, seufzte Flo. »Ich hoffe nur, dass sie gleich bei unserem Tellertausch mitmachen!«
»Wenn nicht, mach ich mal die Poseidon-Nummer!«
Flo sah ihre Freundin verständnislos an.
Blanca grinste. »Altes Matrosenspiel: Eins – zwei – Dreizack – Gabel in den Hintern!«

Dann machten auch sie sich auf den Weg zum Palatorium, wo das große Festmahl stattfinden sollte. Dieser Raum war, genau wie das Oratorium, über den Seiteneingang der Ka-

pelle von draußen zu erreichen. So konnten alle Gesetze des Matilda Imperatrix eingehalten werden, und kein Fremder betrat den Innenring.

Madame hatte eiligst große runde Tische aufstellen lassen und die guten Damast-Decken aufgelegt. Lange Kerzen in silbernen Leuchtern erhellten den Raum, und feine Platzkärtchen legten die Sitzordnung fest. Schuluniform war an diesem Abend Pflicht, und so trugen auch Flo und Blanca die dunkelroten Samtumhänge, die gleichfarbigen Seidenhemden und die tintenblauen Hosen. Manche Matilden trugen blaue Röcke.

»In denen kann man weder reiten noch rennen, noch klettern«, schimpfte Flo, als sie den Saal betraten. »Ich habe meinen noch nie angezogen und werde es auch nicht. Selbst wenn meine Hose in Fetzen vom Hintern hängt!«

»Ha, das würde ich ja gern mal sehen!«, foppte Blanca sie, doch dann wurde ihre Miene ernst. »Wollen wir jetzt gleich die Tischkarten vertauschen?«

»Auf keinen Fall!«, zischelte Flo. »Wir wollen dem Vergifter doch keine Chance geben, sich darauf einzustellen. Wir dürfen erst tauschen, wenn alle Teller vor uns auf den Tischen stehen.«

»Und wie?«, fragte Blanca, doch da wurde sie von Joel angetippt, der sie unbedingt ihrer schwedischen Informatik-Konkurrentin vorstellen wollte.

Flo drehte gemächlich eine Runde durch den Raum und betrachtete die Platzkarten. Jede Matilde saß zwischen einem Amerikaner und einem Schweden. Wahrscheinlich, damit sich alle untereinander kennenlernten. Sie selbst war neben Dave und einer lustigen Schwedin namens Ebba platziert, die sie sofort in ein Gespräch verwickelte. Flo war nicht sicher, ob ihre Freundlichkeit echt war oder ob sie nur ein paar Informationen aus ihr herausquetschen wollte. Jedenfalls erkundigte sie sich auffällig genau, wo und wie Abeba trainierte und welche Rennen sie schon gelaufen war ...

Nachdem alle ihre Plätze eingenommen hatten, erhob sich Dr. Gonzales am Lehrertisch. Er sprach ein paar Begrüßungsworte, stellte seine Mitarbeiter vom Wettkampf-Komitee vor und dankte den Betreuern. Kaum hatte er sich wieder auf seinen Stuhl gepflanzt, trug das Küchenpersonal die Suppe herein. Blanca warf Flo einen fragenden Blick zu. Flo machte ein beschwichtigendes Zeichen, denn jetzt hatte sie einen Plan. Sie wartete, bis Direktorin Petronova aufstand, um allen einen guten Appetit zu wünschen, dann sprang sie von ihrem Stuhl. »Als Schülervertreterin des Alpen-Internats möchte auch ich unsere Gäste im Namen aller Schülerinnen herzlich begrüßen«, verkündete Flo laut. Die anderen Matilden schauten etwas verwirrt, denn Flo tat, als gehöre ihr Auftritt zum Programm. Herr Ringstrøm lächelte fein in sich hinein, während Petronova erwartungsvoll eine Augenbraue hochzog.

»Damit wir uns wirklich alle untereinander kennenlernen, sollten wir bei jedem Gang die Plätze tauschen. Ich bitte also die Wettkämpfer und Wettkämpferinnen, sich einen neuen Stuhl zu suchen! Und los!« Etwas verwirrt erhoben sich alle, und ein wildes Gerücke begann. Flugs schnappte sich Flo den Stuhl eines Schweden und saß nun neben Cillys

amerikanischem Schrankkoffer-Nerd. Sie schaute sich um und wartete, bis alle Matilden einen neuen, sicheren Platz gefunden hatten. Dann tauchte sie zufrieden ihren Löffel in die köstliche Suppe.
Vor dem Hauptgang wiederholte Flo das Spielchen. Nun saß sie neben einer kräftigen Schwedin und einem hohlwangigen Amerikaner mit braunen, gewellten Haaren, der sich als »Marc F. Rover, Fachmann für Chemie und Reiten« vorstellte.
»Ehrlich?«, rief Flo. »Ich reite für das Alpen-Internat. Wann kommt denn dein Pferd an?«
Der Junge spitzte die Lippen, wendete den Kopf ab und begann zu essen. Flo wartete noch fünf Sekunden, dann zog sie ärgerlich die Stirn kraus. »Weißt du es nicht – oder willst du nicht antworten?«
»Ich wüsste nicht, was dich das angeht«, brummelte Marc F. Rover. »Du wirst mein Pferd schon früh genug sehen – wenn wir gegeneinander antreten.«
Doofmann, dachte Flo und wurde schon wieder nervös. Ruhe bewahren, befahl sie sich. Sie durfte sich jetzt auf keinen Fall verrückt machen lassen und ihr Ziel aus den Augen verlieren! Schließlich ging es neben aller Ermittlerei darum, die Schulweltmeisterschaft zu gewinnen und das Matilda zu retten!
»Unser Reiter heißt Kimi«, sagte die Schwedin freundlich. »Er sitzt da drüben, der mit dem blonden Zopf.«
»Ah, danke«, sagte Flo. »Und wo ist sein Pferd?«
»Es gab Schwierigkeiten mit den Papieren. Jedenfalls durfte das Pferd nicht mit auf die Fähre. Kimi ist total fertig und

telefoniert schon den ganzen Tag, damit sein Pferd noch rechtzeitig zum Wettkampf ankommt.«

»Das ist ja echt blöd«, sagte Flo – als plötzlich am Nachbartisch jemand aufschrie: »Lasse hat sich auf meine Schuhe übergeben!« Flo fuhr herum und sah einen schwedischen Jungen, der leichenblass war und wimmerte: »Aaaaaah, mein Mund brennt wie Feuer!« Dann begann er wieder zu würgen. Sofort brach große Unruhe aus. Der Junge presste eine Hand auf die Lippen und schwankte Richtung Ausgang. Madame und ein schwedischer Betreuer stürzten heran, um ihn zu stützen. Die schwedischen Schülerinnen und Schüler sprangen von ihren Plätzen.

»Kein Grund zur Panik! Bitte Ruhe bewahren«, rief Madame, während sie den würgenden Jungen aus dem Palatorium führte.

Flo drängte sich zu einer Gruppe Matilden. »Hat jemand gesehen, wo er seine Suppe gegessen hat? Wo saß er nach dem ersten Platztausch?«

»Da!« Abeba zeigte zwei Tische weiter. »Auf meinem Stuhl.«

»Puh!«, machte Flo. »Der Anschlag galt dir! Glaubt uns endlich: Esst und trinkt nichts mehr, von dem ihr nicht wisst, wo es herkommt!«

Im selben Moment klatschte Dr. Gonzales vorn am Betreuertisch mehrmals laut in die Hände. »Setzt euch bitte! Wahrscheinlich ist das nur eine Folge der langen Busfahrt! Jetzt wollen wir uns nicht den Appetit verderben lassen, denn uns erwartet noch ein leckeres Dessert!«

Doch von diesem Moment an war niemandem mehr nach Essen und Fröhlichkeit zumute. Kurz nachdem Flo zum

dritten Mal die Plätze getauscht hatte, hörte sie, wie ihr Nebenmann etwas über Cillys Zusammenbruch tuschelte. Innerhalb von Sekunden wanderte die Nachricht der *unerklärlichen Lebensmittelvergiftung* von Tisch zu Tisch.
Kurz nach dem Tiramisu, das größtenteils unangerührt zurück in die Küche wanderte, löste sich die Gesellschaft auf.
Geknickt kehrten Flo, Blanca und Abeba zum Gästehaus zurück.
»Danke, dass ihr so gut aufgepasst habt«, sagte Abeba.
»Na ja, ich hatte eigentlich gehofft, dass *niemand* diesen Gift-Fraß bekommt«, seufzte Flo.
»Bestimmt hätte dieser linke Vergifter ohne deinen Platztausch noch weitergemacht, und dann wären jetzt noch viel mehr am Reihern«, tröstete Blanka.
Da hörten sie das Krächzen eines Raben.
»Das sind die anderen!« Zielstrebig steuerte Flo eine dunkle Hofecke an, wo Pina, Min-Hai, Olga und Minerva mit Neuigkeiten auf sie warteten.
»Ich habe Kontakt zu der französischen Schule aufgenommen«, begann Pina. »Die waren ziemlich genervt und haben gefragt, wie viele Leute sich jetzt noch nach der Urne erkundigen wollen. Klar ist jedenfalls: Das Ding wurde mit einem Eilpost-Paket losgeschickt. Und wenn man im Internet bei der Paketverfolgung nachguckt, ist es auch unten im Dorf angekommen. Dann verliert sich die Spur. Ich versuche, morgen während der Wettkämpfe heimlich ins Tal zu kommen, und höre mich da mal um.«
»Ich habe die Giftquelle gefunden, die Cilly lahmgelegt

hat.« Minerva zog bedächtig eine Flasche mit einem grünen Smoothie aus der Tasche.

»Vorsicht!«, rief Flo. »Du darfst die Fingerabdrücke nicht verschmieren.«

»Oh, Mist, daran habe ich nicht gedacht.« Mit spitzen Fingern legte Minerva die Flasche zurück in die Tasche. »Was an dieser Sache aber wirklich supermysteriös ist ...«, sie machte eine Kunstpause, und alle sahen sie gespannt an, »... ist die Rolle von Krankenschwester Schorf! Erinnert ihr euch, dass sie sagte: ›*Eine Vergiftung durch Hundspetersilie ist nicht zu unterschätzen*‹?«

»Ja, klar«, sagte Flo. »Und?«

»Es war Hundspetersilie. Sie hatte recht. *Nur:* Aufgrund der Symptome allein hätte sie das niemals wissen können!«

Die Mädchen starrten Minerva mit offenem Mund an.

»Ich habe in all meinen Fachbüchern nachgeschlagen und mit meiner Großmutter telefoniert. Die Anzeichen, die Cilly gezeigt hat, deuteten nicht eindeutig auf Hundspetersilie hin – es hätten alle möglichen Giftpflanzen sein können!«

Abeba konnte es nicht fassen. »Du glaubst, Krankenschwester Schorf weiß mehr? Sie steckt womöglich selbst dahinter?«

»Auf jeden Fall war sie irgendwie eingeweiht und – haltet euch fest: Sie war auch mal hier auf dem Matilda. Zwar nur für kurze Zeit, aber sie ist eine waschechte Matilde.«

Einen Moment waren alle sprachlos, nur in Flos Kopf ratterte es schon wieder. »Woher bekommt man diese Giftpflanze?«, fragte sie. »Aus der Apotheke?«

Minerva schüttelte den Kopf. »Unwahrscheinlich, dass eine

normale Apotheke so etwas führt. Aber Hundspetersilie wächst hier ganz normal bei uns, zwischen Mai und September. Da kann sie jeder pflücken.«

»Aber im September haben wir noch nicht einmal von einer Schulweltmeisterschaft geträumt«, fiel Flo ihr ins Wort. »Also konnte sich Schorf nicht auf diesen gezielten Anschlag vorbereitet haben!«

»Stimmt. Aber vielleicht haben wir einen Hundspetersilien-Sud im Giftschrank im Exploratorium?«, überlegte Minerva. »Ich kann da mal nachgucken.«

»Auf jeden Fall müssen wir Schorf im Auge behalten und die Fingerabdrücke auf der Flasche überprüfen«, knurrte Blanca.

»Soll ich das Kriminalistik-Team um Hilfe bitten?«, schlug Min-Hai vor.

Flo nickte, dann zog sie nachdenklich die Stirn kraus. »Aber irgendwie ist das merkwürdig. Schorf vergöttert Petronova …«

»Könnte sie auch die Pumps-Tussi gewesen sein?«, fragte Pina.

Flo pustete aus. »Mmmh, die Beine kämen hin, ich glaube nur die Pumps-Tussi war größer – außerdem stank sie nicht nach Veilchen.«

»Habt ihr eigentlich noch weiter gesucht?«, wendete sich Blanca an Min-Hai und Olga. »Klar, aber wir haben nichts gefunden. Weder bei Santiago, noch bei Crescendo, Ungut-Drüber und Galina Gasparov. Und da haben wir echt alles drei Mal durchkämmt.«

»Gasparov? Seit wann ist denn unsere Ballett-Lehrerin verdächtig?«, fragte Abeba.

»Sie stand in den letzten Tagen auffällig oft mit Richters Leuten zusammen«, erklärte Olga. Min-Hai rollte mit ihren schönen Mandelaugen. »Sie hat sogar ihren Nachmittagstee mit Santiago ausfallen lassen, um mit der ollen Silk Topflappen zu häkeln.«

»Es ist alles so verworren. Wer steckt nur hinter all diesen Intrigen ...«, murmelte Flo. »Wir müssen morgen unbedingt eine Täterliste mit allen Verdächtigen machen. Sonst verlieren wir total den Überblick!«

Pina legte eine Hand auf ihr Herz. »Wir werden diese geheime Strippenzieherin finden. Das schwöre ich.«

»Genau. Wenn nicht wir, wer dann?«, donnerte Blanca.

Flo nickte. Was blieb ihnen auch anderes übrig? Schließlich ging es ab jetzt um alles. Um ihr Matilda, um ihre Zukunft.

Kapitel Elf

Am nächsten Morgen begann die Schulweltmeisterschaft mit einem lauten Knall. Dr. Gonzales ließ es sich nämlich nicht nehmen, den Startschuss für den ersten Wettkampf höchstpersönlich aus seiner privaten Pistole abzufeuern. Alle Schweden, Amerikaner und das komplette Matilda hatten sich auf dem Außenhof versammelt und jubelten den drei Radfahrern zu, die nun kräftig in die Pedale traten. Die 120 Kilometer lange Strecke durch die Berge hatte es in sich, und das Wettkampfkomitee rechnete nicht vor Mittag mit der Rückkehr der Athleten. Darum ging es gleich mit dem nächsten Wettbewerb weiter: Technik im Oratorium. Abeba zitterte vor Aufregung, als die Aufgabe verlesen wurde. Aus einem Haufen Material, das auf zwei Tischen ausgebreitet war, sollten sie eine funktionstüchtige Wasserpumpe bauen.
»Das schafft sie«, flüsterte Blanca. Flo nickte zustimmend. »Ihre Gegner sind zwar viel älter, aber dafür ist sie Expertin für Trinkwasser!«
Dann mussten alle den Raum verlassen, um die Wettkämpfer nicht zu stören oder heimlich zu unterstützen. Blanca nutzte die freie Zeit, um noch einmal die wichtigsten Kno-

ten und die offiziellen Bezeichnungen für Wendemanöver im Segeln durchzugehen. Flo beschloss, mit Eisenherz zu trainieren.

Gerade als sie den Außenhof Richtung Stall überquert hatte, schepperte es plötzlich laut hinter ihr, und Madame Maseleige quietschte: »Voooorsicht! Könnt ihr denn nicht aufpassen? Ein bisschen mehr Feingefühl für dieses technische Gerät!«

»Wir sind Gärtner!«, entgegnete eine kräftige Frau in grüner Latzhose. »Und keine Uhrmacher!«

»Das ist keine Uhr!«, zeterte Madame über den Hof. »Dieses Gerät zeigt den Punktestand der drei Wettkampf-Mannschaften an – und ganz nebenbei: Ich bin auch kein Schlammputzer – aber tue seit Tagen nichts anderes! Wir haben hier den Ausnahmezustand!«

Neugierig machte Flo kehrt und betrachtete den großen gelben Ständer, der eine riesige Digitalanzeige hielt. Leuchtend rot stand über den drei Spalten: *Boy School USA*, *Skog Skola Schweden* und *Internationales Alpen-Internat*.

»Damit immer alle gleich sehen können, wie es steht«, erklärte Madame. »Also, bauen Sie das Gerät bitte gut sichtbar vor dem Eingang des Sporttrakts auf.«

Genau gegenüber von unserem Schlafzimmerfenster, dachte Flo. Das macht uns doch noch nervöser! Sie trollte sich zum Stall und sattelte ihr Pferd. Als sie auf den Sandplatz ritt, entdeckte sie drei Amerikaner, die bemüht unauffällig vor dem großen Tor herumlümmelten. Die wollen mich bestimmt ausspionieren, dachte Flo. Jetzt konnte sie nicht einmal mehr ihre komplette Dressurübung durchge-

hen! Wenn sie nicht alles preisgeben wollte, blieb ihr nichts anderes übrig, als immer nur einzelne Ausschnitte zu üben. Also trainierte sie mit Eisenherz nur Galoppwechsel und Piaffen und nahm ein paar kleine Hindernisse. Aus den Augenwinkeln sah sie, wie einer der Jungs sie nun auch noch mit dem Handy filmte! Jetzt reichte es! Gerade wollte Flo wutentbrannt von Eisenherz springen, um den Kerlen ordentlich die Meinung zu sagen, da entdeckte sie auf der Straße, die sich vom Tal hinaufschlängelte, einen braunweiß gefleckten Punkt. Das musste Pina auf Agas sein!
Schnell öffnete Flo das Gatter des Reitplatzes, und dann trabte sie mit Eisenherz hinaus aus dem Internatstor, ihrer Freundin Pina entgegen.
»Du sollst doch nicht allein unterwegs sein! Wer weiß, was für Anschläge die Verräter noch planen!«, rief Pina schon von Weitem. Doch das interessierte Flo gerade überhaupt nicht. Eilig ritt sie näher. »Hast du was rausgekriegt?«
»Der Postbote schwört, dass er das Päckchen in den Wagen geladen hat«, berichtete Pina. »Irgendjemand muss es aus dem Auto gestohlen haben, während er im Dorf herumgefahren ist und Pakete ausgetragen hat.«
Flo schaute erstaunt. »Geht das denn so einfach?«
»Na ja«, sagte Pina, »ich habe ihn beobachtet: Er lässt die Wagentür immer offen stehen, wenn er etwas an die Haustür bringt. Manchmal quatscht er dann noch oder trinkt sogar einen Kaffee.«
»Aber der Dieb muss ihn doch verfolgt haben, um einen günstigen Moment abzupassen – und jeder Fremde fällt im Dorf doch sofort auf!«

»Eben. Darum habe ich mit Luca und Federico gesprochen. Die hören sich jetzt mal um, ob irgendjemand etwas Verdächtiges am Vormittag des entscheidenden Tags beobachtet hat. Um halb sechs, wenn sie das Brot liefern, geben sie uns Bescheid.«
Das klang nach einem guten Plan, und ohne dass Flo es selbst richtig merkte, begann sie ein Liedchen zu pfeifen. Erst als Pina einstimmte, wurde ihr klar, dass sie das erste Mal seit Tagen wieder fröhlich und entspannt war.
Wie gut sich das anfühlt, dachte Flo. Und wie viel mehr Spaß alles machte, wenn man seine beste Freundin neben sich hatte!

Als sie durch das Internatstor ritten, kamen ihnen ein paar jubelnde kleine Matilden entgegen. »Anastasja hat im Hip-Hop den ersten Platz gemacht!«, schrie Charly. »Gleich kommt noch klassisches Ballett und Volkstanz dran – aber da ist sie ja noch besser!«
»Dieser Jonathan von den Amerikanern war aber auch nicht schlecht – um nicht zu sagen: suuupergut«, schwärmte Mette.
»Komm«, sagte Flo zu Pina. »Lass uns schnell die Pferde in den Stall bringen, und dann gucken wir uns die nächste Runde an! Ich kann hier sowieso nicht trainieren, ohne ausspioniert zu werden.«

Das Vortanzen fand im großen Ballettsaal statt. Die Schülerinnen und Schüler quetschen sich auf die wenigen Zuschauerbänke oder sahen von draußen durch die Fenster zu.

Siri aus Schweden, die bisher von den drei Wettkämpfern am schlechtesten abgeschnitten hatte, eröffnete die zweite Runde. In einem roséfarbenen Kleidchen vollführte sie Drehungen auf ihren Spitzenschuhen, hüpfte im Walzertakt durch den Saal und erhielt dafür ein freundliches Nicken der Jury. Die Schweden pfiffen und trampelten mit den Füßen. Doch nun kam Jonathan – und da blieben selbst Flo und Pina die Münder offen stehen. Er sprang so unglaublich hoch, schraubte sich um die eigene Achse – und dabei sah alles so leicht aus. Die Amerikaner tobten – und die Matilden kamen nicht umhin, wenn auch zerknirscht, ebenfalls Beifall zu klatschen. Flo konnte beobachten, wie sich die Wettkampf-Jury anerkennende Blicke zuwarf.
»Puh, da muss sich Anastasja aber ranhalten«, flüsterte Pina. »Seine Cabriolen waren sensationell!«
Im selben Moment öffnete sich die Tür, und Anastasja schwebte in einem schneeweißen Tutu in die Mitte des Saals. Dann setzte das berühmte Thema aus *Schwanensee* ein. Leicht wie eine Feder erhob sich Anastasja auf ihre Spitzenschuhe – es schien, als würde sie sich nie anders bewegen! Ihre Arme glitten so grazil durch die Luft wie Blätter in einem lauen Sommerwind. Als sie sich am Ende des Tanzes tief verneigte, war es einen Moment totenstill im Raum. Dann begann Dr. Gonzales langsam, aber kräftig zu klatschen – und mit ihm die ganze Jury. Jetzt flippten die Matilden völlig aus. Flo pfiff auf beiden Fingern, die Erstklässler johlten, und die hinteren Reihen trampelten mit den Füßen. Charly fiel Flo um den Hals und jubelte: »Wir haben gewonnen! Das Matilda ist unschlagbar – Superstar!«

»Pscht!«, machte Flo. »Wir sind das Alpen-Internat, klar?!«
Charly errötete. »Oh ja! Peinlich – hau mich!«
»Oh, Charly! Das war echt kein guter Reim«, tadelte Flo.
Charly nickte. »Das war ja auch eine dämliche Aktion!«
Im selben Moment huschte Minerva in den Saal und sauste aufgeregt auf sie zu: »Das Pflanzenextrakt, mit dem Cilly vergiftet wurde, stammt aus unserem Gift-Sicherheitsschrank im Exploratorium«, flüsterte sie. »Es gibt ein Buch, in das man jeden Milliliter eintragen muss, den man aus irgendeiner Giftflasche entnimmt. Und es muss auf dem Behälter eine Markierungslinie eingezeichnet werden!«
»Und?«, fragte Pina.
»Wer auch immer als Letztes das Gift entnommen hat – er hat es nicht eingetragen! Und noch etwas: Das Sicherheitsschloss des Schranks ist nicht beschädigt.«
»Also besitzt der oder die Täterin einen Schlüssel!«, folgerte Flo. »Hat Schorf so einen Schlüssel?«
Minerva zuckte mit den Schultern. »Kann gut sein.«
»Und hat das Kriminalistik-Team mittlerweile Fingerabdrücke auf der Flasche gefunden?«
»Leider nur Cillys und meine. Die Flasche muss vorher gründlich abgewischt worden sein«, bedauerte Minerva und rutschte zu Pina und Flo auf die Bank. »Ach, und dann hat Min-Hai noch neue Namen herausbekommen: Santiago und unsere Köchin Dr. Rettich-Bouillabaisse waren ebenfalls Schülerinnen des Matilda.«
»Unsere Köchin?«, fragte Pina.
»Ja, sie ist eigentlich Forscherin für Chaos-Mathematik, aber irgendwann wollte sie ihre Leidenschaft zum Beruf machen.«

»Pscht«, machte da jemand hinter ihnen, denn jetzt ging es wieder los.

Der Ballettsaal war mittlerweile proppevoll. Die Nachricht von Anastasjas Triumpf hatte sich in null Komma nichts im Matilda herumgesprochen, und von allen Seiten waren Schülerinnen und Lehrer herbeigesaust und quetschten sich in die letzten freien Quadratmillimeter, um den dritten Tanz-Wettkampf zu erleben.

Siri musste wieder beginnen. Sie schlug sich tapfer mit einem schwedischen Volkstanz. Es sah niedlich aus, wie ihre langen blonden Zöpfe herumwirbelten, und das Publikum klatschte wohlwollend. Doch mit den Augen waren schon alle bei Jonathan, der sich für seine letzte Darbietung bereitmachte.

»Ich habe die Punktzahlen der Jury gesehen«, wisperte Ella von hinten. »Egal, wie gut er tanzt – eigentlich kann Anastasja nicht mehr verlieren – nur wenn sie alles falsch macht oder gar nicht mehr antritt!«

Da legte Jonathan mit einer russischen Polka los – und wieder war er sensationell gut. Mette war so aus dem Häuschen, dass sie auf die Bank sprang und dabei ihre Mitschülerinnen in die Luft katapultierte.

»Bravo!«, brüllte sie, während die leichteren Zuschauerinnen durcheinanderpurzelten.

»Spinnst du«, schimpfte Charly. »Der ist von der Konkurrenz!«

Jonathan setzte derweil zu einem letzten, hohen Sprung an – und landete in einem perfekten Kniefall auf dem Parkett. Mit stolzem Blick hob er den Kopf. Die Amerikaner rasten.

»Hoffentlich hat Ella mit ihren Punktzahlen recht«, flüsterte Flo, denn irgendwie grummelte es plötzlich furchtbar ungut in ihrem Bauch.

»Ach, Anastasja schafft das locker«, beruhigte Pina sie. »Guck sie dir doch an!«

Flo schaute zum Halleneingang. Dort dehnte Anastasja unbeeindruckt ihren Nacken und die Schultern, dann atmete sie noch einmal tief durch, richtete das Röckchen ihrer ukrainischen Tracht, schlüpfte in ihre roten Tanzstiefel – und schrie laut auf. Mit schmerzverzerrtem Gesicht riss sie den linken Stiefel wieder vom Fuß. Die weiße Strumpfhose war an den Zehen blutdurchtränkt. Anastasja griff in den Schuh, zog eine Scherbe heraus und begann zu taumeln. Bevor sie ohnmächtig zusammenbrach, sprang Jonathan heran und fing sie auf.

»Schnell, wir brauchen eine Trage!«, kreischte Madame. »Und Schwester Schorf!«

»Ich bin hier!«, rief die Krankenschwester und drängelte sich aus einem Pulk Zuschauer.

Flo warf Pina einen alarmierten Blick zu. »Was macht Schorf hier?! Die hat doch genug Patienten, die sie versorgen muss!«

Pina nickte und deutete dann zu einer Gruppe von Lehrern: »Aber Agricola, Santiago und Crescendo sind auch da!«

Gleichzeitig geriet Dr. Gonzales am Jury-Tisch völlig außer sich.

»So etwas ist in der gesamten Geschichte des Wettkampfes noch nie passiert!«, brüllte er. »Sofort treten die Leiter der Teams zu einem Gespräch in meinem Büro an!« Eilig verließen die Komitee-Mitglieder, Direktorin Petronova und die schwedischen und amerikanischen Gesandten den Saal. Die Schüler – egal welcher Nation – blieben bestürzt zurück. Und weil immer noch keine Trage gekommen war, nahm Jonathan Anastasja auf den Arm und trug sie zur Krankenstation.

»Das hätte ich auch gern mal«, seufzte Mette – und bekam dafür einen heftigen Tritt von Charly.

»Schorf kommt ganz oben auf unsere Liste der Verdächtigen. Sie muss jede Minute überwacht werden!« Flo raufte sich verzweifelt die Haare. »Sonst liegt bald das ganze Team auf der Krankenstation – und das ist definitiv kein sicherer Ort mehr!«

Pina wiegte den Kopf. »Ganz ehrlich: Ich mag Schorf nicht besonders und finde ihren Gestank und ihre eiskalten Hände unerträglich. Aber ich kann mir echt nicht vorstellen, dass sie hinter diesen fiesen Anschlägen steckt. Sie war eben selbst total erschrocken. Und sie ist Petronovas größter Fan!«

Flo seufzte. »Das scheinen alle zu sein, die hier mal zur Schule gingen und als Rektorin infrage kämen!«

Minerva sah sie ratlos an. »Und was wollen wir jetzt machen?«

Flo zuckte mit den Schultern. »Wir müssen Nachforschungen betreiben und rauskriegen, wo die Verdächtigen sich während der Anschläge aufgehalten haben.«

Da schlug der Gong zum Mittagessen. Die Amerikaner und Schweden trollten sich Richtung Zeltstadt, und die Matilden strömten in den Innenring des Internats. Noch immer war allen der Schock ins Gesicht geschrieben. Manche Kleinen waren den Tränen nahe, und auch viele Große aus den elften und zwölften Jahrgängen ließen die Köpfe hängen. Als hätte jemand die ganze tolle Wettkampfstimmung in eine Jauchetonne gestopft und den Deckel draufgeschraubt, dachte Flo. Und dann bekam sie Wut. Wut, dass hier jemand einfach alles kaputt machte! Dass jemand Schülerinnen verletzte, Mitstreiter vergiftete! Petronova fertigmachte! Und das alles nur, um seinen Hintern auf den Direktorinnenstuhl zu pflanzen! Wütend stapfte sie zum Speisesaal, als sie plötzlich heftig von der Ballett-Lehrerin Gasparov angerempelt wurde. Flo stolperte zur Seite, doch die Lehrerin marschierte einfach weiter.

»Das heißt Entschuldigung«, brüllte Flo in ihrer Wut Gasparov hinterher.

»Hey, Flo! Beruhig dich«, mahnte Pina. »Das ist immer noch eine Lehrerin!«

»Na und?!«, grummelte Flo und schickte Gasparov einen mürrischen Blick hinterher. Da sah sie, wie von der anderen Seite des Kreuzgangs die Handarbeitslehrerin Silk heranlatschte. Ohne ein Wort zu wechseln, verschwanden beide Lehrerinnen in der Bibliothek. Flo blieb stehen und zupfte Pina am Ärmel.

»Das sieht nach einem Arbeitstreffen der Meuterer aus!«

Pina nickte. »Die beiden wollen ganz sicher keine Topflappen in der Bibliothek häkeln!«

»Komm«, flüsterte Flo und marschierte los.

Kapitel Zwölf

Doch so einfach konnten Flo und Pina den Meuterern nicht folgen. Auf der anderen Seite des Kreuzgangs, direkt gegenüber der Bibliothek, standen nämlich Santiago und Agricola und redeten. Und irgendwie hatte Flo das Gefühl, dass die Sternenkunde-Lehrerin die Eingangstür genau im Blick behielt. Sie mussten ungefähr fünf Minuten im Säulengang auf und ab schlendern, bis die beiden Lehrerinnen sich trollten und die Luft rein war. Vorsichtig drückte Flo die schwere Holztür auf.

Manchmal hat so ein Orkan auch sein Gutes, dachte sie, denn die Angeln der gerade reparierten Tür waren frisch geölt und gaben nicht das kleinste Geräusch von sich. Lautlos glitten Flo und Pina in den düsteren, hohen Raum.

Während des Mittagessens war es in der Bibliothek stets totenstill. Kein Räuspern, kein Rascheln umgeschlagener Seiten störte die wohlige Ruhe. Auf Zehenspitzen tippelte Flo ein Stück vor und spähte die Galerien mit den unzähligen Bücherregalen hinauf. Da näherten sich von draußen plötzlich Schritte. Pina gab Flo einen Wink, und hurtig versteckten sie sich hinter einer Regalreihe. Im selben Moment sprang auch schon die Tür auf, und Kunstlehrer Fluxus trat herein.

»Der gehört auch dazu?!«, formte Pina lautlos mit den Lippen. Flo zuckte die Schultern und formte ebenso lautlos: »Anscheinend.«

Fluxus schaute sich kurz nach allen Seiten um, fragte einmal laut »Hallo?«, und als niemand antwortete, stieg er die Treppe zu den Galerien hinauf.

»Wir müssen höher, wenn wir verstehen wollen, was die reden«, hauchte Flo. Zum Glück gab Fluxus sich keine besondere Mühe, leise zu sein, sondern stapfte polternd die Treppen hinauf, sodass sie nur die Stockwerke zählen mussten, um zu wissen, wo die Meuterer sich trafen.

»… zwei, drei, vier … ganz oben«, las Flo von Pinas Lippen ab und deutete mit dem Kinn zur Treppe.

Stufe für Stufe erklommen sie die fein geschmiedete Stiege. Im dritten Stock huschten sie nach rechts auf die schmale Galerie. Zum Glück kannten sie sich hier bestens aus. Schließlich hatten sie den Raum schon einmal komplett durchsucht, als sie ein Piratenrätsel lösen mussten.

»Der Luftschacht funktioniert wie ein Lauschrohr«, formte Pina wieder lautlos. Flo begriff sofort. Sie schlichen zu einem unauffälligen Korbgitter, das die Lüftung verdeckte, und drückten ihre Ohren daran. Jetzt konnten sie deutlich jedes Wort verstehen, das im Stockwerk über ihnen geflüstert wurde.

»Ich bin ja durchaus Ihrer Meinung, dass diese Schule kein Armenhaus werden darf – aber wenn noch einmal eine meiner Ballett-Elevinnen verletzt wird, dann lasse ich Sie alle auffliegen!«, zischelte Gasparov außer sich.

Flo warf Blanca einen Blick zu. Die Ballett-Lehrerin hatte Anastasja also auf keinen Fall die Scherbe in den Tanzstiefel gelegt ...

»Meine beste Schülerin!«, zeterte sie. »War das Ihre dumme Idee, Richter?«

»Ich? Nein, nein – ich bin davon ausgegangen, dass Sie –«

»Da könnte ich mir ja gleich selbst die Zehen abhacken«, fluchte Gasparov.

»Nun: Wer von uns es war, der sollte sich entschuldigen«, keifte Wullenstein.

Jetzt wurde es ganz still. Pina zog die Stirn in Falten und formte wieder lautlos: »Machen die Zeichensprache, oder warum hört man nichts?«

»Irgendeiner muss es ja gewesen sein«, schimpfte Gasparov. »Sie, Silk? Oder war es Kollegin Ungut-Drüber?«

»Die war heute den ganzen Tag in Prüfungen und hat das Oratorium nicht verlassen«, warf nun eine neue, fremde Stimme ein. *Die* hatten sie bei den Meuterern noch nie gehört.

»Wer ist das?«, formte Flo.

Pina überlegte. Dann hörten sie das Knacken von Fingergelenken. Bestürzt riss sie die Augen auf. Das war Sportlehrer Kraft!

»Aber wenn es keiner von uns war, wer war es dann?«, fragte da Handarbeitslehrerin Silk mit zitternder Stimme.

»Vielleicht wollten die Schweden oder Amerikaner ihre Konkurrentin ausschalten?«, keuchte Richter. »Und dabei haben sie uns unwissentlich in die Hände gespielt?«

»Wie auch immer«, unterbrach Gasparov. »Meine Ballett-Mädchen sind ab sofort tabu. Klar?«
Sie hörten Gemurmel und dann Schritte, die sich Richtung Treppe bewegten. Pina machte eine erschrockene Geste. *Und jetzt?* Flo bückte sich und drückte im nächsten Regal eilig die unterste Bücherreihe ganz zurück an die Wand. Dann gab sie Pina einen Wink, und sie quetschten sich vor die Bücher in das enge Regalfach. Wenn sich keiner der Meuterer umdreht und genau schaut, dann bemerkt uns auch keiner, hoffte Flo. Und so war es auch: Die Meuterer waren so sehr damit beschäftigt, möglichst leise die Stufen nach unten zu schleichen, dass sie nicht einmal auf die Idee kamen, sich im Zwielicht des dritten Stocks umzuschauen.
Als es wieder ganz still war, krabbelte Flo aus dem Regalfach und spähte über den Rand der Galerie nach unten. »Sie sind weg.«
»Also: Von denen hat keiner Anastasja verletzt«, flüsterte Pina. »Und sie haben Krankenschwester Schorf mit keinem Wort erwähnt! Findest du das nicht merkwürdig?«
»Ich versteh es ja auch nicht«, seufzte Flo. »Aber jetzt lass uns schnell verschwinden, bevor Signor Libro auftaucht und einen Rumpelstilzchen-Tanz aufführt, weil wir ohne Erlaubnis auf die Galerien geklettert sind. Außerdem müssen wir die restliche Zeit vom Mittagessen nutzen, um endlich die Täter-Liste zu erstellen.«
»Wir sitzen doch gar nicht zusammen«, flüsterte Pina, während sie die Treppe nach unten schlichen.
»Das interessiert mich gerade ein nasses Ritterhemd«, wis-

perte Flo. »Außerdem hat Madame bestimmt andere Sorgen, als sich um die Sitzordnung zu kümmern.«

Und so war es: Niemand nahm Notiz davon, dass Flo und Blanca sich einfach an den Tisch der Fünftklässler setzten. Pina zog einen Zettel aus der Tasche, und dann begannen sie mit der Liste. »Ringstrøm sagt immer: Wenn man nicht weiterweiß, dann muss man versuchen, auszuschließen«, sagte Flo und schrieb in die linke Spalte alle Namen, hinter denen sich die unbekannte Strippenzieherin verbergen konnte. »So behalten wir den Überblick, wer für welche Untat infrage kommt.« Und dann füllten sie gemeinsam Stück für Stück die Tabelle aus.

	Zeit, als die Urne im Dorf ankam	Zeit, als die Urne unb[e]aufsichtigt in Gonzale[s] Zimmer war
Wullenstein – Geschichte (Keine Matilde)	Hat mit Schülern Säulenteile im Kreuzgang sortiert	hat im Lehrerzimmer Arb[eiten] Korrigiert / teilweise Zeug[en]
Silk – Handarbeit (Keine Matilde)	Hat mit Schülern Nordtrakt gereinigt	Hat Gardinen aufgehängt / Zeugen
Ungut-Drüber – Literatur (Keine Matilde)	Musste in der Bibliothek helfen / Zeugen	Hat mit ihren Schülerinnen Bücher gereinigt und aussortiert / Zeugen
Gasparov – Ballett (???)	unbekannt	Hat mit Anastasja trainiert
Krankenschwester Schorf ~~(???)~~ war Matilde	unbekannt	unbekannt
Musiklehrerin Crescendo (war Matilde)	Hat mit Schülern Kapitelsaal gereinigt	unbekannt
Köchin Rettich-Bouillabaisse (war Matilde)	War einkaufen / im Dorf	War in der Küche / Zeugen
Sternenkundlerin Santiago (war Matilde)	? Lag mit Migräne im Bett / sagt Gasparov	unbekannt
Zoologie-Lehrerin Agricola (war Matilde)	War im Stall / ~~Zeugen~~	unbekannt

, als die Pumpssi Gonzales' mer durchsuchte	Besitzt einen Schlüssel für den Giftschrank	Zeit, als Cillys Getränk vergiftet wurde	Zeit, in der Scherbe in Anastasjas Schuh gesteckt wurde
aß noch im Speisesaal	nein	Musste Material an Komitee liefern / Zeugen	War nicht im oder in der Nähe des Ballettsaals / Zeugen
aß noch im peisesaal	nein	unbekannt	War nicht im oder in der Nähe des Ballettsaals / Zeugen
mit ihren Schünnen die Zimmer geräumt	nein	unbekannt	War nicht im oder in der Nähe des Ballettsaals / Zeugen
mit Anastasja iert	nein	Hat mit Anastasja trainiert	War im Ballettsaal
Impfungen eben / Zeugen	Möglich, muss noch recherchiert werden – kennt sich auf jeden Fall aus	unbekannt	War im Ballettsaal
unbekannt	nein	Hat Wettkämpferin unterrichtet	War im Ballettsaal
r in der Küche / gen	nein	War in der Küche / Zeugen	War in der Küche / Zeugen
t mit ihrer Klasse nmer gereinigt	nein	unbekannt	War im Ballettsaal
unbekannt	nein	War im Stall / Zeugen	War nicht im oder in der Nähe des Ballettsaals / Zeugen

Flo hob das fertige Papier hoch. »Überall, wo *unbekannt* steht, müssen wir jetzt recherchieren. Wir brauchen Fakten.«

»Aber eins ist jetzt schon klar!« Blanca pikte mit ihrem Messer auf die Liste. »Nur drei Personen hatten Zeit, die Urne aus dem Postauto zu stehlen: Rettich-Bouillabaisse, Gasparov und Schorf.«

»Langsam«, mahnte Flo. »Wir haben die Angaben der anderen und ihrer Zeugen nicht überprüft.« Sicherheitshalber schrieb sie dann ein Fragezeichen hinter die Behauptung.

»Und eins finde ich weiterhin komisch …« Pina kringelte nachdenklich einen Zopf um den Finger. »… wenn Schorf, Santiago, Agricola oder Rettich-Bouillabaisse zu den Meuterern zählen, warum hat sie dann keiner erwähnt?!«

In dem Moment kamen Min-Hai und Olga angerannt. »Coole Neuigkeit!«, rief Olga schon von Weitem.

»Wartet, gleich!«, sagte Minerva. »Mir fällt nämlich gerade ein, dass Schorf ziemlich viel Zeit mit Richter verbringt.«

Verblüfft sahen alle sie an.

»Er hat doch Asthma. Und ganz oft, wenn ich im Labor oder hinten bei den Gewächshäusern war, habe ich gesehen, wie er zum Inhalieren auf die Krankenstation gegangen ist. Und manchmal hat es ewig gedauert, bis er wieder zurückkam.«

»Das ist mir nie aufgefallen«, sagte Flo.

»Wie auch?«, warf Pina ein. »Vom Hinterausgang des Exploratoriums sind es nur wenige Schritte bis zur ehemaligen Krankenstation. Der Bereich war immer völlig uneinsichtig.«

»Stimmt«, sagte Olga. »Höchstens vom Planetarium, aus

den Bürofenstern von Santiago, kann man sehen, was hinter dem Exploratorium passiert.«

»Aber Richter ist nie besonders lang auf der Krankenstation!«, mischte sich nun Min-Hai ein. »Als ich da wegen meiner Mandelentzündung lag, kam er immer nur kurz rein, inhalierte – und ging wieder. Der hat kaum ein Wort mit Schorf gesprochen.«

Flo pustete aus. »Wir müssen sie noch einmal ganz genau überprüfen.« Dann drehte sie sich zu Olga und Min-Hai. »Und was habt ihr Spannendes?«

»Richter ist verliebt!«, platzte Olga hervor.

»Auf seinem Schreibtisch in seinem Zimmer lag ein Brief, den er gerade angefangen hatte«, kicherte Min-Hai.

Olga legte gespielt dramatisch die Hände auf ihr Herz und las von ihrem Notizblock vor: »Mein liebster Stern! Venus du! Komet meines Lebens! Jeden Tag, wenn ich deinen Astralkörper sehe, fällt es mir schwerer zu warten, bis wir beide endlich ...«

»Und weiter?«, drängte Minerva.

»Na, weiter ging der Brief nicht – Richter musste wohl völlig überstürzt weg.«

Pina nickte. »Ich weiß auch, wohin – zu unserem spontanen Geheimtreffen in der Bibliothek!«

»Aber dann tut Richter das vielleicht alles ... aus Liebe?!« Flo schaute die anderen an. »Vielleicht ist die geheime Strippenzieherin seine Angebetete?«

»Hat ihn mal irgendeiner von euch mit einer Frau gesehen? Denkt nach!«, forderte Pina.

»Könnte ja auch ein Mann sein«, schmatzte Blanca.

»Den hätte er dann aber Mars oder Jupiter genannt«, widersprach Olga. »Außerdem könnte der nicht Rektorin werden!«

»Vielleicht ist die Pumps-Tussi seine Angebetete?«, überlegte Minerva.

»Auf jeden Fall müssen wir Richter weiter im Auge behalten«, forderte Pina. »Und alle Frauen, mit denen er spricht oder sich herumtreibt. Vielleicht stecken da noch ganz andere mit drin?«

Vielleicht, vielleicht, vielleicht, dachte Flo. Es waren einfach zu viele Ungereimtheiten, um klare Schlüsse zu ziehen.

Doch bevor sie richtig in Grübelei verfallen konnte, schlug der große Gong.

»Die Radfahrer treffen in zwei Minuten ein!«, rief Madame, und alle sprangen von ihren Plätzen und rannten hinaus.

Leider war die Ankunft der Radfahrer nur eine weitere Enttäuschung für die Matilden: Joel siegte haushoch für die Amerikaner, nach ihm rollte die Schwedin durch das Internatstor, und als Letzte mit acht Minuten Rückstand traf Minka ein. Ihr war unterwegs ein Reifen geplatzt, und das hatte wertvolle Minuten gekostet. Natürlich untersuchten Flo, Blanca und Pina sofort ihr Rad, doch sie fanden keinen Hinweis auf irgendeine Manipulation.

»Manchmal hat man einfach nur so Pech und fährt in einen spitzen Stein oder eine Scherbe«, räumte Blanca ein.

»Chloe hätte trotzdem noch gesiegt«, seufzte Flo. Für einen Moment hatte sie das Gefühl, dass es völlig gleich war, wie viel Mühe sie sich gaben. Wenn ein Hoffnungsträger nach dem anderen ausgeschaltet wurde oder versagte – wie sollten sie dann gewinnen? Wie sollten sie dann das Matilda und Direktorin Petronova retten?

»Das ist wie Flaute auf See«, stöhnte Blanca. »Da möchte man sich auch am liebsten in die Koje hauen und die Decke über die Birne ziehen, bis der Spuk vorbei ist.«

In dem Moment hatte Flo das Gefühl, jemand schüttele sie heftig in einer Ritterrüstung durch. »Nein!«, sagte sie entschlossen.

Pina und Blanca sahen sie überrascht an.

»Nein! Denn genau das wollen die: dass wir aufgeben und die Decke über den Kopf ziehen. Dass wir in dem Wirrwarr und bei so vielen Gegnern kapitulieren! Aber das tun wir nicht! Es gibt immer eine Lösung!« Sie fuhr zu Blanca herum. »Auch bei Flaute kann man rudern. Oder man nutzt die Zeit zum Fischen und füllt die Vorräte auf! Und wir, wir drei werden niemals die Decke über den Kopf ziehen!«

Pina lächelte. »Meine Urgroßmutter hat immer gesagt: In der Mitte der Nacht beginnt der neue Tag.«

»Genau. Und jetzt trommeln wir die anderen Wettkämpfer zusammen und wappnen uns gegen die Angriffe! Und wir bilden Beobachtungsteams, die diese Meuterer und alle Verdächtigen keine Sekunde mehr aus den Augen lassen!«

Mit großen Schritten stapfte sie zum Gästehaus. Aus den Augenwinkeln sah sie den Punktestand auf der Digitalanzeige. Von den 100 Punkten, die man maximal erreichen konnte, hatte Joel für die Boy School 99 ergattert. Die schwedische Skog Skola stand bei 80, und unter *Alpen-Internat* blinkte eine schlappe 60.

»Noch ist nichts verloren«, sagte Pina.

»Na ja«, seufzte Blanca. »Wenn Anastasja fürs Tanzen gar keinen Punkt kriegt, dann sieht es für den ersten Tag ziemlich schlecht aus.«

Doch davon ließ Flo sich jetzt nicht beirren.

Im Gästehaus trommelte sie sofort alle Wettkämpferinnen in ihrem Zimmer zusammen und legte die Fakten auf den Tisch. Und diesmal hörten alle sehr aufmerksam zu. Der Schock von dem Attentat auf Anastasja saß ihnen noch ordentlich in den Knochen.

»Hier!« Flo hielt die Liste hoch. »Hier finden sich die Namen derer, die wir im Auge behalten müssen. Entweder sie waren ehemalige Matilden und könnten darum auf Petronovas Stuhl – oder sie meutern ganz offen gegen unsere Direktorin.«

»Dazu kommen noch Richter, Fluxus und Kraft als Unterstützer«, ergänzte Blanca. »Die Meuterer alle wollen, dass wir verlieren! Das sind die Leute, die nicht halt davor machen, Schülerinnen zu verletzen!«

»Und eine Person auf der Liste ist die große Strippenzieherin ist klar«, übernahm Flo wieder. »Sie lenkt alles aus dem Hintergrund und klar ist: Sie wird jetzt noch raffinierter vorgehen, damit man die Anschläge nicht als solche erkennt. Darum braucht jede von uns einen Bodyguard, der sie beschützt, und einen Helfer, der auf ihre Sachen aufpasst.«

»Wer braucht da Unterstützung?«, fragte Pina. Einige Mädchen hoben den Arm. Pina notierte die Namen auf einem Zettel. »Okay, ich werde gleich losgehen und verbündete Matilden suchen, die euch helfen.«

Und weil nun doch wieder einige skeptisch schauten, haute Blanca mit der Faust so doll gegen den Bettpfosten, dass es krachte. »Zum einäugigen Klabautermann! Seid doch nicht so gutgläubig!« Sie fuhr zu Lin Xiangun herum. »Diese feigen Fischköpfe werden versuchen, deinen Bogen zu manipulieren!« Dann zeigte sie auf Ella. »Vielleicht lockern sie die Schrauben an deinem Startblock beim Schwimmen – wir können gar nicht so fies denken, wie die handeln!«

»Darum müsst ihr die Augen offen halten«, mahnte Flo. »Und wann immer etwas passiert: Notiert euch sofort alle Leute, die ihr in der Nähe gesehen habt.«

»Und versucht nebenbei herauszubekommen, wer noch alles von den Lehrerinnen und vom Personal hier Schülerin war!«, forderte Blanca.

»Und ihr dürft ab jetzt wirklich nicht mehr allein sein«, fügte Pina mit Nachdruck an.

»Haha, und wie soll das gehen?«, fragte Pirko. »Cilly liegt auf der Krankenstation – ich bin die ganze Nacht allein in meinem Zimmer!«

»Dann ziehst du jetzt zu Minka – Anastasjas Bett ist ja auch frei!«, bestimmte Flo.

»Außerdem: Wir müssen diese Leute auf der Liste lückenlos überprüfen. Pina stellt gleich ein Beobachtungsteam zusammen. Wir müssen rauskriegen, mit wem die reden, mit wem die sich austauschen. Nur so haben wir eine Chance herauszubekommen, mit wem wir es *wirklich* zu tun haben. Also, weiß jetzt jeder Bescheid?!«

Die anderen nickten.

»Ich informiere die Mädchen, die jetzt gerade in Wettkämpfen stecken«, sagte Amal, ihre Literatur-Spezialistin. »Und nun drückt mir die Daumen, denn ich muss gleich in Lyrik und Drama ran!«

»Ich begleite dich zum Oratorium«, sagte Pina und eilte mit Amal hinaus.

Als auch die anderen gegangen waren, saßen Blanca und Flo einen Moment schweigend auf ihren Betten.

»Das größte Problem von allen haben jetzt wir beide«, brach Flo schließlich die Stille.

Blanca nickte: »Ja. Denn wie schützt man ein Pferd und ein Segelboot?«

Kapitel
Dreizehn

Flo fiel erst einmal nichts Besseres ein, als die Plätze der Pferde im Stall zu tauschen. Das würde Eisenherz zwar nicht vor einem Anschlag schützen, aber die geheime Strippenzieherin oder ihre fiesen Meuterer wären zunächst verwirrt, wenn sie den schwarzen, auffällig großen Hengst nicht vorn in seiner Box finden würden. »Dann müssten sie Eisenherz suchen, fallen dabei hoffentlich auf, und wir können Schlimmeres verhindern«, erklärte Flo Aaron. Der Stallmeister war sofort einverstanden, und so tauschten sie die Pferde paarweise immer hin und her, bis Eisenherz in einer Box im hinteren Drittel des Stallgangs stand. Blanca, die das Ganze von einem Berg Strohballen aus beobachtete, zeigte grinsend auf das Schild an Eisenherz' neuer Boxtür: »Tupfi – das ist doch echt mal ein cooler Name für einen Gaul, oder, Flo?«

»Anstatt blöde Sprüche zu klopfen, hilf uns lieber!«, rief Flo und führte ein kräftiges Fjordpferd in die Box von Agas.

»Eher durchsegele ich fünf Zyklone, als dass ich mich noch einmal an so ein Höllenvieh heranwage«, schnaufte Blanca.

»Das ist eine ganz falsche Einstellung«, tadelte Aaron. »Ein

Pferd ist immer ein Spiegel deiner selbst. Wenn du dich ihm mit Zuneigung näherst –«
»Vergiss es!«, unterbrach Blanca.
»Hey! Welches Pferd sieht Eisenherz am wenigsten ähnlich?«, rief Flo dazwischen.
»Die haben alle vier Beine, schrecklich harte Hufen und entsetzlich große Zähne«, rief Blanca von ihrem Strohballen herunter.
»Sehr witzig! Ich will auf keinen Fall, dass es zu einer Verwechslung kommt und ein anderes Pferd verletzt oder vergiftet wird.«
»Snow-White!« Aaron öffnete die Box einer zarten Schimmelstute und führte sie nach vorn an Eisenherz' Platz. Dann legte er Flo die Hände auf die Schultern und sah ihr in die Augen. »So, und damit du ruhig schlafen kannst und fit für deinen Wettkampf bist, übernachte ich hier im Stall. Okay?«
Flo nickte dankbar. Allerdings war das Problem damit nur verschoben und nicht behoben. Denn Aaron musste früh am Morgen in die Kreisstadt fahren, weil er einen Termin mit dem Hufschmied hatte. Natürlich könnten dann Pina und die anderen Wache schieben, während Flo in Strategie und Blanca in Informatik antraten. Doch irgendwann würde auffallen, dass sie nicht bei den Aufräumarbeiten waren – und dann?
Flo war immer noch ziemlich beunruhigt, als sie hinter Blanca zurück zum Gästehaus stapfte. Dass *ihr* jemand etwas tun wollte, war eine Sache – aber dass Eisenherz leiden könnte, obwohl er völlig unschuldig war und sich nicht wehren konnte …

»Duuuu«, riss Blanca sie da aus ihren Gedanken, »ich glaube, ich werde mich einfach kurz vor dem Start der Segelregatta für ein anderes Boot entscheiden.«

Flo sah auf. »Gibt es denn eins, das genauso gut ist wie deins?«

Blanca zuckte mit den Schultern. »Ich denke, ich habe da ein ganz anständiges im Auge. Ich frag mal Min-Hai, ob sie das heimlich für mich testet. Sie segelt ja ganz passabel.«

Flo nickte, dann blieb sie ruckartig stehen. »Eigentlich gibt es nur eine sichere Lösung für Eisenherz: Er muss runter ins Dorf und dort versteckt werden.«

Blanca legte ihr den Arm um die Schultern und grinste. »Kein Problem. Luca kommt ja nachher – und der tut doch immer alles für dich.«

»Hahaha.« Flo zog eine Fratze.

Blanca sah sie verständnislos an. »Nee, ehrlich, freu dich doch. Er ist ein echt cooler Freund.«

»Kann sein«, sagte Flo und bog bei den Sporthallen um die Ecke.

Auf einem kleinen Mauervorsprung vor dem Halleneingang hockten die amerikanischen Jungs und feierten Joels Sieg beim Radrennen.

»Darauf kann ich jetzt gar nicht«, murrte Flo. »Und – boah, neee! Guck dir *die* mal an!« Genervt zeigte sie auf ein paar Matilden aus der vierten Klasse, die gackernd und augenklimpernd am Eingang der Sporthalle herumlungerten. »Die himmeln die an wie Superstars!«

Im selben Moment löste sich Dave aus dem Jungenpulk.

»Hey, ihr beiden!«, rief er über den Platz. »Wollt ihr Joel

nicht gratulieren und mit einem Energy-Drink auf seinen Sieg anstoßen?«

»Glückwunsch!«, donnerte Blanca über den Hof und musste dann selbst lachen, weil es so böse klang.

»Sie können ja nichts dafür«, grinste Flo und rief dann laut: »Bravo, Joel!«

Im selben Moment hörte sie ein energisches Klack-Klack-Klack hinter sich. Flo schaute über die Schulter und entdeckte Direktorin Petronova, die mit schnellen Schritten über den Hof zum Torhaus eilte. Sie sah ihrer Direktorin hinterher. Petronova hatte schon etwas monstermäßig Respekteinflößendes, mit ihren streng zusammengebundenen, schwarzen Haaren, dem schwarzen, eleganten Kleid und – Flo schnappte nach Luft! Sie traute ihren Augen nicht. Doch Petronova trug die schwarzen, eleganten Lackpumps mit dem Strass-Stein!

Wie versteinert starrte sie der Direktorin nach.

»Ich verstehe überhaupt nichts mehr!« Pina ließ sich auf Flos Bett im Gästehaus plumpsen. »Wenn Petronova die Pumps-Tussi ist ...«

»... dann ist die Pumps-Tussi garantiert nicht Richters Geliebte, und sie hat bestimmt auch nicht die Urne geknackt«, folgerte Flo.

»Und ganz sicher hat sie nicht den Auftrag gegeben, Cilly zu vergiften oder Anastasja eine Scherbe in den Stiefel zu stecken!«, donnerte Blanca.

»Pscht, nicht so laut! Wir müssen vorsichtig sein!«, mahnte Flo und beugte sich über ihre Liste. Dann sah sie ratlos auf.

»Wir stehen wieder ganz am Anfang. Wir haben nicht den geringsten Anhaltspunkt, nach wem wir eigentlich suchen!«
»Wie wollen wir die Strippenzieherin jetzt erwischen?« Wütend stampfte Blanca mit dem Fuß auf. »Das ist wie ein Goldstück im Ozean suchen!«
»Nicht ganz!« Flo sprang von ihrer Matratze und marschierte zur Tür. »Denn eins ist klar: Petronova hat die schwarzen Pumps nicht aus Versehen getragen. Sie *wollte*, dass wir sie sehen. Sie will sich mit uns austauschen! Also kommt!«

Madame Maseleige brütete schwitzend hinter ihrem Schreibtisch im Vorzimmer und raufte sich das graue, ondulierte Haar. »Mädchen, ich habe jetzt wirklich keine Zeit. In einer Stunde werden die Tagesergebnisse verkündet, der Heißwasser-Boiler bei den Schweden ist ausgefallen, und unserem Küchenteam ist die Milch schlecht geworden!«
»Wir wollten auch gar nicht zu Ihnen – sondern zu Direktorin Petronova«, erwiderte Pina sanft.
»Glaubst du, unserer Frau Direktorin geht es anders als mir?!« Madames Doppelkinn zitterte. »Wir wissen nicht mehr, wo uns der Kopf steht!«
»Es geht um die Scherbe in Anastasjas Schuh!«, log Blanca. »Aber wenn Sie nicht wollen, dass der Fall geklärt wird ...« Blanca drehte sich um.
»Stopp!« Madame nickte gnädig. »Ihr dürft klopfen.«

»Ich habe euch erwartet«, begrüßte die Direktorin die drei Mädchen, nachdem sie sich vor ihrem Schreibtisch in einer Reihe aufgebaut hatten. »Bevor ihr eure Anstrengungen weiter in die falsche Richtung lenkt, wollte ich euch einen Hinweis geben.«

»*Sie* haben sich als Zimmermädchen verkleidet!«, platzte Flo hervor. »*Sie* haben ihre Stimme verstellt und Dr. Gonzales' Zimmer durchsucht!«

»Wie ihr!«, lächelte Petronova. »Wir alle haben vermutet, dass er mit den Meuterern – wie ihr sie nennt – unter einer Decke steckt.«

»Aber das tut er nicht, oder?«, warf Flo ein. »Er denkt wirklich, dass die erste Urne auf dem Postweg verschwunden ist.«

Petronova nickte. »Ja. Und ich glaube ihm.«

»Aber woher wussten die Meuterer, wann die Urne per Post im Dorf ankommen wird?«, fragte Pina. »Und wer hat sie dort abgefangen?«

»Ich gehe davon aus, dass Madames Telefon angezapft wurde«, erklärte die Direktorin. »Das ist ein Klacks für Richter. Und wer im Dorf war? Ich weiß es nicht. Ihr?«

Pina schüttelte den Kopf.

»Ich weiß nur, dass Richter es auf keinen Fall war«, fuhr Petronova fort. »Er hat sich während der betreffenden Zeit auffällig dicht in meiner Nähe herumgetrieben.«

»Aber die anderen Meuterer waren auch alle hier!« Pina reichte Petronova die Liste. »Alle, die wirklich verdächtig sind, wurden während der Zeit im Internat gesehen – nur ein paar ehemalige Schülerinnen kämen infrage.«

Petronova überflog die Liste.

»Wer zieht im Hintergrund die Fäden?«, bohrte Flo. »Haben Sie eine Idee?«

Petronova sah auf. »Nein. Und ich fürchte, unsere Gegner wissen es selbst nicht genau. Die meisten jedenfalls.«
»Könnten Sie sich vorstellen, dass Krankenschwester Schorf eine größere Rolle spielt?«, fragte Flo.
Petronova sah noch einmal auf die Liste, dann zog sie nachdenklich die Stirn in Falten. »In der Zeit, als die Urne aus Dr. Gonzales' Zimmer gestohlen wurde, hat sie die neue Krankenstation im Exploratorium eingerichtet – das habe ich selbst kontrolliert.« Sie nahm einen Stift, strich etwas durch und trug etwas Neues in die Liste ein. »Und am Vormittag, als Cillys Getränk vergiftet wurde, hat sie die Zeltstadt mit Verbandskästen und Notfallkoffern versorgt. Drei Sani-Schülerinnen waren ununterbrochen bei ihr. Also kommt sie dafür auch nicht infrage.« Petronova setzte den Stift zu zwei weiteren Notizen an und hob die Liste hoch, sodass Flo, Pina und Blanca sie sehen konnten. »Hier haben Santiago und Agricola ein Alibi und die *Pumps-Tussi* könnt ihr jetzt komplett streichen.« Sie machte zwei Striche über die gesamte Spalte.
»Fällt Ihnen vielleicht noch jemand ein, eine Lehrerin oder Personal, die hier zur Schule gegangen sind?«
Petronova sah sie mit hochgezogener Braue an. »Ich weiß nur, dass unsere Ballettlehrerin Gasparov für kurze Zeit hier war – bevor sie am Bolschoi angenommen wurde.«
»Und haben Sie vielleicht noch jemanden in Verdacht, der überhaupt nicht auf unserer Liste steht?«
Petronova reichte Flo die Liste. »Und ihr? Wisst ihr noch mehr, als auf der Liste steht?«
Flo schüttelte schnell den Kopf, bevor Pina und Blanca ant-

	Zeit, als die Urne im Dorf ankam	Zeit, als die Urne unbeaufsichtigt in Gonzalos Zimmer war
Wullenstein – Geschichte (keine Matilde)	Hat mit Schülern Säulenteile im Kreuzgang sortiert	hat im Lehrerzimmer Arbeiten Korrigiert / teilweise Zeugen
Silk – Handarbeit (keine Matilde)	Hat mit Schülern Nordtrakt gereinigt	Hat Gardinen aufgehängt / Zeugen
Ungut-Drüber – Literatur (keine Matilde)	Musste in der Bibliothek helfen / Zeugen	Hat mit ihren Schülerinnen Bücher gereinigt und aussortiert / Zeugen
Gasparov – Ballett ~~(???)~~ war Matilde	unbekannt	Hat mit Anastasja trainiert
Krankenschwester Schorf ~~(???)~~ war Matilde	unbekannt	~~unbekannt~~ hat Krankenstation eingerichtet
Musiklehrerin Crescendo (war Matilde)	Hat mit Schülern Kapitelsaal gereinigt	unbekannt
Köchin Rettich-Bouillabaisse (war Matilde)	War einkaufen / im Dorf	War in der Küche / Zeugen
Sternenkundlerin Santiago (war Matilde)	? Lag mit Migräne im Bett / sagt Gasparov	Hat Wettkampfräume ausgeräumt ~~unbekannt~~
Zoologie-Lehrerin Agricola (war Matilde)	War im Stall / ~~Zeugen~~	~~unbekannt~~ Hat Trümmer des Gewächshauses abtransportiert

als die Pumps-i Gonzales' ~~ner durchsuchte~~	Besitzt einen Schlüssel für den Giftschrank	Zeit, als Cillys Getränk vergiftet wurde	Zeit, in der Scherbe in Anastasjas Schuh gesteckt wurde
aß noch im ~~p~~eisesaal	nein	Musste Material an Komitee liefern / Zeugen	War nicht im oder in der Nähe des Ballettsaals / Zeugen
aß noch im ~~p~~eisesaal	nein	unbekannt	War nicht im oder in der Nähe des Ballettsaals / Zeugen
mit ihren Schü~~ler~~n die Zimmer ~~aufg~~eräumt	nein	unbekannt	War nicht im oder in der Nähe des Ballettsaals / Zeugen
mit Anastasja ~~traini~~ert	nein	Hat mit Anastasja trainiert	War im Ballettsaal
Impfungen ~~gegeb~~en / Zeugen	Möglich, muss noch recherchiert werden – Kennt sich auf jeden Fall aus	~~unbekannt~~ hat Zeltstadt ausgerüstet	War im Ballettsaal
unbekannt	nein	Hat Wettkämpferin unterrichtet	War im Ballettsaal
~~war~~ in der Küche / ~~Zeu~~gen	nein	War in der Küche / Zeugen	War in der Küche / Zeugen
mit ihrer Klasse ~~Zim~~mer gereinigt	nein	unbekannt	War im Ballettsaal
unbekannt	nein	War im Stall / Zeugen	War nicht im oder in der Nähe des Ballettsaals / Zeugen

worten konnten. Sie war ziemlich sicher, dass Petronova mehr wusste, als sie zugeben wollte. Das ärgerte sie, und darum wollte sie auch Richters Liebesbrief erst einmal für sich behalten.

»Gut, dann ist ja alles geklärt«, sagte Petronova. »Ich habe euch heute auch ein Zeichen gegeben, weil ich nicht möchte, dass ihr euch weiter einmischt. Bitte hört auf, zu ermitteln oder andere mit Ermittlungen zu beauftragen. Konzentriert euch auf die Wettkämpfe. Holt einen Sieg für das Matilda, um alles andere kümmere ich mich. Verstanden?«

Flo presste die Lippen zusammen, und auch Pina und Blanca gaben keinen Laut von sich.

»Ich möchte euer Wort!«

»Wir spionieren nicht mehr«, quetschte Blanca zwischen den Zähnen hervor.

»Pina?«

»Wir mischen uns nicht mehr ein.«

»Florence?«

»Wir konzentrieren uns auf die Wettkämpfe.«

»Gut.«

»Ähm ...« Flo hob die Hand. »Eins wär' da noch – *Reiten* findet erst am letzten Tag statt, und ich habe Angst um Eisenherz. Darf ich ihn hinunter ins Dorf bringen und dort verstecken?«

»Aber nicht bei deinen Freunden, den Bäckerjungs!«

Flo errötete, und Blanca konnte sich ein Grinsen nicht verkneifen. Pina hingegen verzog mal wieder keine Miene. Flo beneidete sie um diese Gabe.

»Nicht nur ich weiß, dass ihr permanent gegen die Schulregeln verstoßt und euch mit den Jungen im Dorf trefft.

Bring deinen Hengst morgen Vormittag ins Tal und suche einen sicheren Platz. Pina, du begleitest sie.«

»Morgen Vormittag muss ich in Strategie antreten«, warf Flo ein.

»Nein, wegen Cillys Übelkeit und Anastasjas Unfall ist der gesamte Plan geändert worden. Du bist erst am Nachmittag dran. Reite am Vormittag ins Dorf. Da sind unsere Verdächtigen mit Wettkämpfen und Training beschäftigt, und ihr könnt am ehesten unbemerkt das Gelände verlassen.«

»Danke«, sagte Flo und wollte sich zum Gehen wenden, da hob Petronova die Hand.

»Es war mein voller Ernst, Florence: kein Geschnüffel, keine Ermittlungen mehr!«

»Klaro«, sagte Flo, doch in ihrem Hirn kreisten schon die Gedanken, wie sie die unbekannte Strippenzieherin aus der Reserve locken konnten. Denn das hatte die Direktorin schließlich nicht verboten …

»Du spinnst!«, schimpfte Pina, als sie aus dem Torhaus traten. »Mal ganz davon abgesehen, dass Petronova ausflippt, wenn wir jetzt irgendwelche Fallen stellen – wir müssen uns um Eisenherz kümmern! Seine Sicherheit geht echt vor!«

»Das eine schließt doch das andere nicht aus«, murrte Flo. »Außerdem ist es unsere einzige Chance, heraus–«

»Ich will nichts mehr davon hören«, unterbrach Pina.

»Jedenfalls, solange Eisenherz nicht in Sicherheit ist«, stimmte diesmal sogar Blanca zu.

Mürrisch ließ Flo sich auf die Bank vor dem Torhaus plumpsen. Pina und Blanca setzten sich neben sie, und dann war-

teten sie in der Spätnachmittagssonne auf die Brotlieferung aus dem Dorf.
Die amerikanischen Jungs feierten immer noch Joels Sieg. Die haben es gut, so fröhlich und unbeschwert, dachte Flo. Da hörte sie das Rumpeln des kleinen, dreirädrigen Transporters, und kurz darauf tuckerte der hellblaue Lieferwagen auf den Hof. Quietschend kam er neben der Sporthalle zum Stehen. Ganz lässig, als hätte es nichts mit der Ankunft des Wagens zu tun, schlenderten Flo, Pina und Blanca Richtung Stall. Kaum waren sie aus dem Blickfeld der Amerikaner, huschten sie zwischen die geöffneten Rücktüren des Lieferautos und duckten sich.
»Und?«, fragte Flo wie aus der Pistole geschossen, nachdem Luca und Federico aus dem Transporter geklettert waren.
»*Hallo* erst mal«, erwiderte Luca und blitzte sie mit seinen graublauen Augen an.
»Hallo«, sagte Flo etwas beschämt. »Wir sind nur megamäßig in Sorge!«
Luca lächelte. »Darum haben wir uns ja besonders gründlich umgehört. Also: Den Opas, die auf dem Marktplatz immer Domino spielen, ist eine schlanke Frau mit hübschen Beinen aufgefallen. Sie trug eine große Sonnenbrille und einen Hut – darum können sie leider nichts über ihr Gesicht oder ihre Haarfarbe sagen.«
»Und Elisa, die Bedienung vom Eiscafé, hat am selben Tag genau so eine Frau bedient«, fügte Federico an, während er die Brotkörbe auslud. »Und sie schwört, dass sie die vorher noch nie im Dorf gesehen hat – und danach auch nicht.«
»Die geheime Strippenzieherin! Aber auf die vage Beschrei-

bung passen bis auf Rettich-Bouillabaisse alle ehemaligen Schülerinnen von unserer Liste!«, stöhnte Flo. »Und das ist die einzige, von der wir wissen, dass sie in der Zeit im Dorf war!«

»Achtung!«, raunte Pina da. »Schritte von links!«

Federico schnappte seine Brotkörbe und marschierte zum Torhaus. Luca kletterte zurück in den Wagen, und Pina und Blanca huschten zum Stall. Flo lehnte sich einfach gegen die Wand der Turnhalle. Auch auf die Gefahr hin, einen Tadel zu bekommen, weil sie Kontakt mit jemandem aus dem Dorf hatte, blieb sie in Lucas Nähe. Sie musste einfach klären, ob er ihr helfen konnte, Eisenherz zu verstecken.

»Ich brauch deine Hilfe!«, zischelte sie leise, während die Schritte näher kamen.

Luca klemmte sich eine Kiste mit Ciabatta-Broten unter den Arm und grinste aus dem Laderaum. »Ist ja nichts Neues.«

»Ich habe Angst, dass der nächste Anschlag Eisenherz trifft. Ich muss ihn irgendwo verstecken. Könnte er im Dorf bei –«

Im selben Moment schoss Dave um den Wagen und grinste Flo mit seinen Zahnspangen-Blitze-Zähnen an. »Hey! Da bist du ja! Wir warten schon auf dich!«

Und bevor Flo reagieren konnte, drückte er ihr einen Kuss auf die Wange.

»Spinnst du?!«, brüllte Flo.

Dave rannte lachend davon. »Bis gleich!«

Flo spürte, wie sie knallrot anlief.

»Wahrscheinlich ist das auch der Grund, warum du nicht runter ins Dorf kommen konntest.« Lucas Stimme war plötzlich so kalt wie der Bergbach im Winter.

»Quatsch! Ich musste trainieren und –«
»Pina konnte sich komischerweise Zeit nehmen!« Wütend schnappte sich Luca eine weitere Kiste und sprang aus dem Wagen.
»Pina muss auch nicht bei den Wettkämpfen antreten!« Flo stellte sich ihm in den Weg. »Du glaubst doch nicht etwa, dass –«
Luca schob sie barsch weg, doch Flo hielt ihn am Arm.
»Jetzt warte mal! Wir müssen doch wegen Eisenherz –«
»Kannst ja deinen blöden Lackaffen fragen, ob er dir hilft!« Luca schubste Flo beiseite und eilte mit seinen Kisten zum Torhaus.
»Verdammte Kacke!«, fluchte Flo. Wutentbrannt stürmte sie um den Transporter herum und auf den Pulk der amerikanischen Jungs zu. Dave klatschte sich gerade johlend mit seinen Kumpels ab. Flo gab ihm einen wütenden Schubs.
»Findest du das komisch, du aufgeblasener Angeber?!«
»Das war doch nur ein Spaß, eine lustige Wette«, unterbrach Dave sie und grinste.
»Hey, bleib mal locker!«, versuchte auch Joel zu beruhigen.
»Er hat gesagt, wenn ich gewinne, gibt er dir einen Kuss.«
»Oh, wow! Darf ich dich dann in ein Güllefass stecken, wenn Blanca dich in Informatik besiegt?! Oder vielleicht auf eine Streckbank meiner Vorfahren legen?!«, fauchte Flo.
»Es war doch nur ein Kuss!«, verteidigte sich Dave.
»Gegen meinen Willen, du Neandertaler! Du –«
In dem Moment knallten die Türen des kleinen Transporters, der Motor heulte auf, und Luca und Federico brausten davon.

Kapitel
Vierzehn

»Wir sollten diesen Dave nackt am Glockenturm hochziehen!«, donnerte Blanca.

»Dadurch ist Eisenherz auch nicht in Sicherheit«, entgegnete Pina. »Der Pfad der Rache führt immer ins Nichts.«

»Nun tu mal nicht so! Deine amerikanischen Ureinwohner haben ihre Feinde sogar skalpiert. Aber wenn es dir lieber ist, können wir diesen Blödmann auch an einen Marterpfahl binden!«

Auf Pinas Stirn erschien eine Zornesfalte – und das war höchst selten. »Ich möchte jetzt lieber darüber nachdenken, wie wir Luca besänftigen! Wenn du Rachepläne schmieden möchtest, dann tu das ohne mich!«

Flo, die die ganze Zeit geschwiegen hatte, kickte wütend einen Stein über den Hof. »Aber irgendwie ist Luca auch ein Idiot, wenn er jetzt die beleidigte Leberwurst spielt. Ich meine – was kann *ich* denn dafür, wenn dieser bekloppte Zahnspangen-Dave so einen Müll macht!«

»Lucas Verhalten war wenig weise«, gab Pina zu.

»Wenig weise? Das war seemonsterdämlich!«, polterte Blanca wieder los. »Was denken sich diese Jungs eigentlich?! Der eine glaubt, er kann einfach das Schiff kapern – und der andere gibt Flo auch noch die Schuld dafür! Denken die nicht von hier bis an die Bordwand?!«

Flo blieb stehen und stemmte die Arme in die Seite. »Du hast recht, Blanca. Alle Jungs haben sich wie Idioten benommen! Aber du, Pina, hast auch recht: Wut und Hass vernebeln uns nur das Hirn – und das können wir jetzt echt nicht gebrauchen. Also machen wir lieber einen Plan. Luca kriegt das bei Gelegenheit noch mal aufs Brot geschmiert, aber jetzt geht es um Eisenherz.«

»Nee, jetzt geht es erst einmal um die Punktevergabe und den Stand des Matilda«, sagte Blanca und schubste sie in die Sporthalle.

Zum Glück erwarteten sie im Fechtsaal endlich mal gute Neuigkeiten: Bevor Dr. Gonzales nämlich den Punktestand bekannt gab, verkündete Madame Maseleige, dass Anastasjas Schnittwunde zwar tief war, aber zum Glück keine Sehnen oder Bänder verletzt waren.

»Sie muss eine Zeit pausieren, aber bald wird sie wieder tanzen können. Und in ihrer zweiten Kategorie, Mathematik, kann sie übermorgen antreten.«

Die Matilden atmeten erleichtert auf und klatschten.

»Außerdem haben das Komitee und ich beschlossen, nur die beiden ersten Tänze zu bewerten«, meldete sich nun Dr. Gonzales wieder zu Wort. »Anastasja und das Alpen-Internat können schließlich nichts für diesen feigen Anschlag. Wir möchten hiermit allen zeigen: Gewaltakte oder Manipulationen sind zwecklos! Wir werden diesen schlimmen Vorfall untersuchen und aufs Schärfste ahnden!«

»Also haben wir in der Kategorie Tanz gewonnen?!«, rief ihre Schwimmerin Ella. Madame nickte mit breitem Strahlen. Es war nicht zu übersehen, wie sehr sie sich freute. Lin Xiangun, ihre Bogenschützin, sackte erleichtert zusammen. »Puh, das macht mir jetzt echt Mut. Den Druck hätte ich sonst nicht ausgehalten.«

Dr. Gonzales verschaffte sich mit wedelnden Armbewegungen wieder Ruhe. »Eine weitere Nachricht möchten wir zu den beiden Wettkämpfern verkünden, die wegen ihrer Lebensmittelvergiftung nicht an den Start gehen können. Die Schulen dürfen in diesem Fall einen Athleten nachnominieren!«

Jetzt atmeten auch die Schweden auf, und unter den Matilden brach lautes Gebrabbel aus. »Wir brauchen eine Schülerin, die nicht älter als zwölf, ein Tennis-Ass und megagut in Elektro-Technik ist! Vorschläge!«, forderte Nour.

»Da fällt mir leider nur eine ein«, knurrte Blanca.

Flo nickte: »Lilly.«

Nour wollte sich gerade mit den anderen Wettkämpferinnen abstimmen, da hämmerte Madame heftig auf ihren kleinen Gong. Augenblicklich wurde es wieder still. Nun zog Dr. Gonzales ein weißes Tuch von der Tafel und alle konnten die Ergebnisse des ersten Wettkampftages lesen. Und die waren viel besser für das Matilda ausgefallen, als Flo, Pina und Blanca gedacht hatten: Die Amerikaner hatten zwar einen Sieg im Radfahren und Werfen geholt, aber dafür lagen die Matilden mit der Höchstpunktzahl von jeweils 100 Punkten in Tanz und Fechten vorn! Auch in Chemie hatten sie deutlich gewonnen. In Technik war Abeba mit

85 Punkten knapp an einem Sieg vorbeigeschlittert. Nur in Literatur hatten sie kläglich verloren. Ihre Wettkämpferin Amal hatte vor Lampenfieber einen Voll-Blackout gehabt und gar nichts mehr gewusst. Mit Ach und Krach hatte sie 30 Punkte geschafft. Das niedrigste Ergebnis des Tages! Auch jetzt brach Amal wieder in Tränen aus und schluchzte: »Ich mache es im Turnen wieder gut, versprochen.«
Alles in allem brachte es das Matilda insgesamt auf 550 Punkte. Dicht dahinter lagen die Schweden mit 540, und die Amerikaner führten mit 554. Doch das konnte sich beim nächsten Wettstreit ja schon ändern.
Während alle Schüler den Punktestand diskutierten, schaute Flo sich im Raum um. Sie interessierte viel mehr, wie die Lehrer reagierten und ob vielleicht die eine oder andere Miene etwas Verdächtiges verriet. Crescendo schien erleichtert, Agricola applaudierte und Santiago schüttelte Ringstrøm die Hand. Da kreuzte sich ihr Blick mit dem der Direktorin. Warnend hob Petronova eine Augenbraue, und Flo schaute schnell nach vorn. Wahrscheinlich hatte Pina recht: Sie sollte Petronova jetzt nicht verärgern. Sie hatte genug damit zu tun, ihre Wettkämpfe zu gewinnen und Eisenherz in Sicherheit zu bringen. Und das war schwer genug, jetzt, wo Luca ihr die kalte Schulter zeigte.

Am nächsten Morgen, früh um halb acht, startete Blancas erster Wettstreit. Flo und Pina begleiteten sie zum Oratorium, wo drei Rechner aufgebaut waren und die Aufgaben für Informatik verlesen wurden. Die Wettkämpfer mussten eine Sicherheitslücke in einem Computer-System finden.

Flo wäre am liebsten in Jubelschreie ausgebrochen, denn darin war Blanca als echte Piratin unschlagbar! Blanca nickte ihnen siegessicher zu, wischte sich einmal mit dem Handrücken durchs Gesicht und krempelte die Ärmel hoch. Dann schlug der Gong, und alle Zuschauer mussten wieder den Raum verlassen. Die meisten Matilden, Lehrer und Wettkämpfer folgten den Kletterern, denn das versprach ein besonders spannender Wettkampf zu werden. Das Komitee hatte eine extrem schwierige Felswand unweit des Internats ausgewählt.

»Beim Klettern wird nichts schiefgehen«, beruhigte Pina sie. »Ich habe dafür gesorgt, dass Nour von zwei Mädchen aus dem Strategie-Team begleitet wird. Die haben heute früh jedes Seil und jeden Karabiner überprüft. Eine positioniert sich oben und die andere unten an der Kletterwand. Wenn die geheime Strippenzieherin da jetzt was versucht, haben wir sie sofort.«

»Super«, sagte Flo. »Wer schützt Lin, Ella und Amal?«

Pina lächelte. »Die haben auch alle Bodyguards. Und um das Schwimmbecken habe ich gleich vier Leute postiert. Eigentlich kann nichts passieren.«

Flo pustete aus. Als echte Strategin wusste sie, dass *nie nichts* passieren konnte. Man musste immer mit allem rechnen, auch wenn sie augenscheinlich alles getan hatten, um ein nächstes Unglück zu verhindern.

Unauffällig ließen sie sich im Strom der Schüler Richtung Schultor treiben. Dann ließen sie sich etwas zurückfallen, schlenderten extra langsam weiter, bis der Pulk das Internat verlassen hatte, und schlüpften in den Stall. Dort sattelten sie ihre Pferde und trabten los. Zur Tarnung nahmen sie erst einmal einen Weg bergan, Richtung Kletterwand – aber nur, um dann einen großen Bogen zu schlagen und von der anderen Seite ins Tal hinunterzureiten. Kurz vor dem Dorf stieg Pina ab und versteckte sich in einem Gebüsch. Sie wollte sichergehen, dass ihnen auch niemand gefolgt war. Flo ritt mit Agas als Beipferd weiter in den Dorfkern, zur *Panificio di Danelli*. Gerade als sie in die kleine Seitenstraße einbog, verließen Luca und Federico mit ihren Schultaschen das Haus. Luca tat, als hätte er sie nicht gesehen, doch Federico zupfte ihn an der Jacke und deutete zu Flo. Als Luca trotzdem stur den Kopf wegdrehte, gab Federico ihm einen heftigen Stoß. Schmollend und mit gesenktem Blick blieb Luca stehen. Flo ritt langsam näher und sprang aus dem Sattel. Einen Moment standen sie stumm voreinander.

»Ich habe mit diesem Vollpfosten nichts zu tun, und er interessiert mich nicht die Bohne!«, brach Flo schließlich das Schweigen.

Luca schaute zu einem Blumenkasten am gegenüberliegenden Haus, als würde er sich plötzlich brennend für Botanik interessieren. »Mir doch egal.«

»Ach, und warum bist du dann so arschig?«

»Bin ich doch gar nicht!«

»Du Mädchen!«, stieß Flo zwischen den Zähnen hervor.

Wütend riss Luca den Kopf herum und blitzte sie aus seinen graublauen Augen an. Flo grinste. »Klappt immer. Jetzt guckst du wieder! Ehrlich, dieser Dave ist ein totaler Vollidiot!«

»Und wie kommt er dann auf die Idee, dass er das einfach

machen kann?! Sonst traut sich doch auch niemand, irgendetwas zu tun, was du nicht willst!«
Flo stöhnte. »Mann, sage ich doch: Vollidiot! Aber das traut er sich nicht noch mal!«
Luca sah wieder zum Blumenkasten.
»Hilfst du mir jetzt, Eisenherz zu verstecken? Bitte!«
Luca scharrte mit dem Fuß auf dem Boden herum, überlegte, dann sah er schließlich auf und sagte: »Aber ich tu es nur für Eisenherz. Nicht für dich!«
»In Ordnung!«, sagte Flo. »Das ist total okay. Für Eisenherz. Danke – also in seinem Namen.«
Luca zeigte die Straße hinunter. »Wir bringen ihn in die Scheune von Bauer Emilio – die hat einen Hinterausgang. Da gehen wir hinten raus und führen ihn über die Obstplantage in den Stall von Davides Kutschpferden. Davide ist für drei Tage unterwegs, und ein Freund von Federico füttert die Tiere. Eher hole ich mir drei Achten in den Mountainbike-Reifen, als dass ihn da jemand findet.«
»Das hast du dir alles schon ausgedacht?«, fragte Flo gerührt.
»Quatsch! Das war Federicos Idee«, antwortete Luca barsch und zeigte die Straße hinunter: »Da lang!«
Flo band Agas schnell auf dem Hof der Bäckerei an und folgte Luca mit Eisenherz zur Scheune. Die dahinterliegende Obstplantage war zum Glück menschenleer, und so sah niemand sie in Davides Stall verschwinden.
Zwei Minuten nachdem Eisenherz zwischen den Kutschpferden stand, schnupperte er schon nach rechts und links und zupfte sich Heu aus der Krippe. Er schien sich wohlzufühlen.

»Ich kümmere mich gut um ihn«, sagte Luca. »Und jetzt hau ab, bevor noch irgendjemand etwas mitbekommt wird.«
»Du hast einen gut bei mir«, rief Flo – und zu ihrer Erleichterung vergaß Luca zu widersprechen.

So schnell sie konnte, sauste sie den Weg zurück, den sie gekommen war, und sammelte Pina ein. Gemeinsam ritten sie auf Agas' Rücken den Berg hinauf, zum Matilda zurück. Dabei grübelte Flo ununterbrochen, wie sie mit einer Falle die geheime Drahtzieherin aus der Reserve locken könnten. Und als Agas durch das alte Internatstor trabte, hatte sie einen Plan.

Kapitel
Fünfzehn

»Das ist keine gute Idee!«, schimpfte Pina und warf sich auf Flos Bett im Gästehaus.

»Wieso?«, erwiderte Flo trotzig. »Lilly eignet sich perfekt als Lockvogel: Sie ist super in Tennis und ziemlich gut in Elektrotechnik, und sie hat noch beide Wettkämpfe vor sich. Damit ist sie hochgefährdet.«

»Genau wie du!«, fuhr Pina auf. »Und deshalb ist es vollkommen irre, einen von euch an irgendwelchen einsamen Orten rumlaufen zu lassen! Eine Falle ist totaler Wahnsinn!«

»Natürlich wird Lilly keine Sekunde allein sein – es soll doch nur so aussehen, als ob! Wir beobachten sie die ganze Zeit!«

»Und *du*? Wer beobachtet *dich*?«

»Pina, die geheime Drahtzieherin wird wieder zuschlagen! Sie will verhindern, dass wir gewinnen und das Matilda retten! Und jetzt muss sie ran, denn ihre Leute stehen alle unter Beobachtung!«

»Petronova hat das ganz klar verboten!«, fuhr Pina ihr über den Mund.

Flo sah ihre Freundin fassungslos an. »Du bist sonst nicht so ... so schleimig gehorsam! Was ist los mit dir?«

Pina gestikulierte mit den Händen und suchte nach Worten. Schließlich seufzte sie tief und sah Flo bittend an. »Ich habe Angst um dich!«

Flo setzte sich neben sie auf die Bettkante und stupste sie an. »Hey, Pina. Ich bin's, Flo. Die mit den besten Freundinnen und Gefährtinnen der Welt! Wir passen *aufeinander* auf. Zusammen kann uns nichts passieren.«

Pina biss sich auf die Lippen, dann platzte sie hervor: »Ich hatte einen Traum.«

Für einen Moment hielt Flo die Luft an. Das war natürlich etwas anderes. Pinas Träume klangen zwar meistens ziemlich verrückt, aber auf erschreckende Weise hatten sie sich fast immer irgendwie bewahrheitet. »Was hast du geträumt?«, fragte Flo leise.

»Ich kann es noch nicht deuten. Du bist in einen reißenden Strom gestiegen. Er hat dich mitgerissen. Der Strom mündete in einen gewaltigen Wasserfall, die Wassermassen stürzten Hunderte Meter in die Tiefe.« Pina sah ihre Freundin an. »Gut möglich, dass du dich vorher ans Ufer retten kannst, aber vielleicht auch nicht.«

Flo sah hoffnungsvoll auf. »Du hast ihn also noch nicht zu Ende geträumt?«

Pina schüttelte den Kopf. »Aber eins ist trotzdem klar: Du darfst dich nicht absichtlich in Gefahr begeben. Denn sie ist größer, als du denkst. Sonst wäre der Wasserfall nicht so gewaltig gewesen!«

Flo überlegte einen Moment. »Aber wenn wir Lilly einfach nur beobachten, also, wenn ich keine gefährliche Situation heraufbeschwören würde, dann ist das doch so, als würde ich einfach nur neben dem reißenden Strom herlaufen, oder?«

Pina boxte sie wütend gegen den Arm. »Ich hätte einfach sagen sollen, du stürzt den Wasserfall hinunter!«

Im selben Moment gab es draußen auf dem Flur einen gewaltigen Knall, und eine Scheibe klirrte. Flo und Pina sahen sich an und stürzten aus dem Zimmer.

»Klaubautermann-Kacke! Es ist zum Krebsekotzen!« Fauchend stand Blanca im Flur. Ihre roten Locken standen wild zu allen Seiten ab – und in der Tür hinter ihr fehlte das Glas. Sie hatte sie so fest zugeschlagen, dass die Scheibe in hundert Stücke zersprungen war und nun in Scherben auf dem Boden lag.

»Zweite! Ganz knapp!«

»Das ist doch gut!«, rief Pina.

»Nein, ist es nicht. Denn mein Rechner ist zweimal abgestürzt, und darum war die Schwedin schneller als ich!«

»Immerhin hast du Joel geschlagen«, versuchte Flo ihre Freundin zu beruhigen.

»Sein Rechner ist auch einmal abgestürzt. Aber das haben Richter und seine Drecksäcke sicher nur zur Tarnung gemacht.«

»Bist du sicher, dass die da was gedreht haben?!«, fragte Flo. Informatik war nun wirklich nicht ihr Fachgebiet.

Blanca nickte. »Ganz sicher. Aber was sollte ich machen? Die Jury hat gesagt, unser Vorgehen hätte zu dem Absturz geführt! So ein Blödsinn!«

»Kannst du das beweisen?«, hakte Pina nach.

Blanca stampfte auf. »Das ist megakompliziert – und bis ich

das geschafft habe, ist die Schulweltmeisterschaft längst vorbei. Grrrrrr! Ich könnte Richter unterm Kiel langziehen!«
Flo sah zu Pina.
»Untersteh dich!«, warnte Pina. Denn wenn Flo jetzt ihren Plan vorschlagen würde, würde Blanca in ihrer Wut sofort zustimmen. Das wusste Pina genau.
Flo hob die Hände. »Schon gut. Ich sage nichts.«
»Was?«, fragte Blanca.
»Wenn du dich beruhigt hast, dann ... also, dann würde ich dir etwas erzählen. Etwas vorschlagen. Nur so.«
Pina reckte die Arme zur Decke. »Mir hätte klar sein müssen, dass euch sowieso nichts davon abhält, etwas Mega-Unvernünftiges zu tun!«
Blanca schaute neugierig auf. »Unvernünftig klingt gut!«

Flo schilderte ihren Plan in einer sehr abgemilderten Form. Denn auch wenn sie gern unvernünftig war, war sie ja nicht dämlich, und Sorge bereitete ihr Pinas Traum schon.
Blanca hörte genau zu. »Also, du willst Lilly irgendwo allein hinschicken, beobachten und hoffst, dass die Drahtzieherin irgendeinen fiesen Anschlag plant, bei dem wir sie dann entlarven können«, fasste sie am Ende zusammen. »Nur eins verstehe ich nicht, Rittertochter. Wieso provozieren wir nicht eine richtig gefährliche Situation, die es dieser Natter besonders leicht macht?«
Pina stöhnte. »Warum sollten die Bäume aufhören zu rauschen? Warum der Löwe der Jagd entsagen? Ein jeder tut, wie es in seiner Natur liegt!«
»Häh?!«, machte Blanca.

»Ihr hört ja sowieso nicht auf mich. Also –« Pina sprang vom Bett auf. »Wie gehen wir es an?«
Flo strahlte. »Ich habe mir das so vorgestellt ...« Mit den Fingerspitzen winkte sie ihre Freundinnen heran und erklärte flüsternd ihren Plan.

Zwanzig Minuten später huschten sie auf die provisorische Krankenstation im Exploratorium. Die milchige Herbstsonne fiel durch die Fenster, und ein strenger Duft von Veilchen waberte durch den Raum. Cilly dämmerte mit geschlossenen Augen in einem der großen Metallbetten, die in einer Reihe an der Wand standen. In dem rosa Seiden-Pyjama wirkte ihre Gesichtsfarbe noch grüner, als sie es ohnehin schon war. Links von ihr lag Anastasja mit verbundenem Fuß und büffelte Mathe, und auf der rechten Seite saß Lilly mit einem Stapel Elektrotechnik-Bücher.
»Zzzt!«, machte Flo.
Zwei Leinenvorhänge am Ende des Raumes schoben sich auseinander, und der Schwede mit der Vergiftung vom Festmahl blinzelte hervor.
»Warum schottet ihr den armen Kerl so ab?«, fragte Blanca.
Nun sah Anastasja auf. »Das war seine Idee. Vielleicht ist es ihm peinlich, wenn er sich dauernd vor uns übergeben muss?«
»Ich kann mich nicht konzentrieren, wenn ihr die ganze Zeit quasselt«, zickte Lilly, ohne den Blick von ihrem Buch zu wenden.
»Lilly!«, sagte Flo mit scharfer Stimme. »Musst du nicht auch mal Tennis trainieren?!«

Lilly hob den Kopf und wollte gerade aufbrausen, da warf ihr Blanca einen verschwörerischen Blick zu. Lilly legte kurz den Kopf schief, dann strich sie sich eine blonde Locke aus dem Gesicht. »Gibt es dafür einen besonderen Grund?«

»Ich denke schon«, antwortete Pina und machte mit dem Kopf eine kleine Bewegung Richtung Tür.

Lilly verdrehte die Augen, aber dann hüpfte sie vom Bett und stieg in ihre todschicken Designer-Ballerinas. »Hätte mir jemand vor einer Woche gesagt, dass ich mal freiwillig mit euch irgendwo hingehe, dann hätte ich mich selbst auf diese Krankenstation eingewiesen!« Sie trippelte an ihnen vorbei, hinaus in den Flur. Kaum hatte Pina hinter ihnen die Tür geschlossen, stieß Lilly einen gelangweilten Seufzer aus. »Also, was gibt es?«

»Du musst jetzt auf den Tennisplatz ganz am Ende der Sportanlage gehen und trainieren«, flüsterte Flo. »Allein – aber *jeder* muss mitbekommen, dass du gehst.«

»Und wiesooo?«, fragte Lilly.

»Wir wollen die geheime Strippenzieherin aus der Reserve locken«, zischte Blanca.

»Und ich bin der Köder?« Lilly lachte schrill auf. »Bei euch piept's wohl.«

»Wir passen natürlich auf«, wisperte Pina.

»Besser, wir kriegen schnell raus, wer hinter diesen ganzen Attacken steckt, bevor diese Verrückte noch mal zuschlägt«, flüsterte Flo eindringlich.

»Und warum sollte ich ausgerechnet *euch* vertrauen? Den größten Regelbrecherinnen und den am schlechtesten angezogenen Schülerinnen des Matilda Imperatrix?!«

»Mann, Lilly!« Flo verdrehte die Augen. »Es geht hier doch nicht um mich oder dich – es geht um die Rettung unserer Schule! Also zeig jetzt mal Matilda-Haltung!«
Lilly warf ihre Löckchen zurück und musterte die drei.
»Es könnte jederzeit jede von uns treffen«, zischte Blanca. »Wenn wir nicht schleunigst etwas unternehmen, können wir den Sieg auch gleich auf dem Grund des Ozeans versenken!«
»Also gut«, stimmte Lilly nach einer langen Denkpause zu. »Aber ich muss mich erst umziehen.«
»Das kann dauern«, stöhnte Flo.
Und so war es. Lilly brauchte allein vierunddreißig Minuten, um das passende Outfit herauszusuchen und in Tennisröckchen, farblich abgestimmte Söckchen, Hemdchen, Haarband und Schweißbänder zu schlüpfen. Aber dann war sie immer noch nicht fertig.
Unruhig traten Flo, Pina und Blanca vor der Tür des Kapitelsaals von einem Bein aufs andere. »Lackiert die sich jetzt noch die Fingernägel?«, motzte Flo. Da flog endlich die schwere Holztür auf.
»Die kann man echt nicht übersehen«, flüsterte Pina, als Lilly Richtung Tennisplätze stolzierte.
»Wie eine Leuchtboje!«, stimmte Blanca zu und kniff die Augen zusammen, weil die Glitzersteinchen auf Lillys Hemdchen sie blendeten.
»Nicht reden, auf die Positionen!«, befahl Flo, und dann eilten sie sternförmig auseinander.
Blanca schlenderte hinter Lilly her und bewachte den Weg. Flo lief über die Südwiesen und brachte sich in einem Ge-

büsch hinter dem Tennisplatz in Position. Pina, die vorher noch Verstärkung zusammengetrommelt hatte, umkreiste mit Min-Hai, Olga und Minerva die Tennisplätze in größerem Abstand.

Flo hatte etwa zehn Minuten in ihrem Versteck gehockt und Lilly dabei beobachtet, wie sie Bälle über den Platz donnerte, als es direkt hinter ihr im Gebüsch raschelte. Sie fuhr herum. Zwischen den Zweigen schob sich Pina hindurch und setzte sich neben sie. »Min-Hai ist jetzt bei Blanca. Olga und Minerva überwachen die andere Seite der Plätze. Abeba und Pirko tun so, als würden sie Laufen trainieren, und umkreisen uns«, hauchte sie. »Und hier?«
Flo zuckte mit den Schultern. »Ruhig.«
Und so blieb es auch. Lilly übte einen Aufschlag nach dem anderen, doch kein Mensch schien sich für sie und ihr einsames Training zu interessieren. Flo begann schon, sich zu langweilen, da hörten sie ein Knacken. Jemand näherte sich dem Platz! Doch es war nur Lillys Gegnerin aus Schweden, die kurz vorbeischaute, um auf dem Platz nebenan zu trainieren. Sie blieb etwa zwanzig Minuten, dann ging sie wieder. Immerhin war eins danach klar: Sie war keine ernst zu nehmende Konkurrenz. Lilly würde sie locker schlagen – wenn nicht wieder etwas passierte! Nach weiteren zehn Minuten sah Lilly sich fragend um. Anscheinend begann auch sie an dem Plan zu zweifeln und hatte keine Lust mehr.
»Willst du mal gucken, was die anderen machen? Vielleicht verhalten die sich zu auffällig und schrecken unseren Täter ab«, wisperte Flo.

Pina zögerte. »Kann ich dich hier allein lassen?«
Flo rollte mit den Augen. »Was soll denn in den fünf Minuten passieren?«
Pina haderte einen Moment, doch dann machte sie sich auf. Flo lehnte sich zwischen die dichten Äste und blinzelte in den Himmel. Gerade wollte sie gemütlich die Beine ausstrecken, als sie einen Schatten auf der anderen Seite des Tennisplatzes entdeckte! Da versteckte sich jemand zwischen den Sträuchern! Flo beugte sich vor und versuchte, die düstere Person ins Visier zu nehmen. Die Gestalt war groß und etwas schlaksig, und es war unmöglich zu sagen, ob es sich um einen Mann oder eine Frau handelte.
Flo war gespannt wie eine Raubkatze vor dem Absprung. »Komm, tritt aus der Dunkelheit, damit ich dich sehen kann«, hauchte sie. Da schob sich eine behandschuhte Hand vor und drückte einen Ast beiseite. Flo hielt die Luft an und kniff die Augen zusammen. Die tief stehende Nachmittagssonne machte es nicht leichter! Jetzt knackte es auch noch hinter ihr! Unwirsch winkte sie nach hinten. Pina sollte jetzt bloß keinen Laut verursachen und den Schatten verscheuchen! Jetzt raschelte es! Pina war doch sonst nicht so ungeschickt! »Schscht«, presste Flo zwischen den Zähnen hindurch. Im selben Moment drückte ihr jemand ein Tuch auf den Mund. Flo atmete einen schweren, süßen Geruch ein. Es stach in der Nase wie dieses Lösungsmittel, mit dem sie im Kunstunterricht ihre Pinsel von der Ölfarbe reinigten. Sie nahm noch kurz den penetranten Duft von Veilchen wahr – dann wurde sie ohnmächtig.

Kapitel
Sechzehn

Rauschen. Lautes, schmerzhaftes Rauschen drang von weit her in Flos Ohren. War das der reißende Strom, von dem Pina geträumt hatte? Trieb sie direkt auf den donnernden Wasserfall zu …? Flo versuchte, die Augen zu öffnen, doch ihre Lider waren so schwer, dass sie mindestens einen Kran dafür brauchte! Ihr Gehirn fühlte sich wie eine Kugel Zuckerwatte an. Schmierige, klebrige Fäden wickelten sich um jeden Gedanken und machten ein klares Bild unmöglich. Der Wasserfall …, dachte Flo wieder und versuchte, die wolkige Masse in ihrem Kopf zu entwirren. Wenn ich jetzt im Wasser wäre – sie musste sich an die Worte klammern, damit sie nicht sofort in dem klebrigen Wust versanken! Also, wenn ich jetzt im Wasser wäre, dann müsste ich nass sein. Bin ich aber nicht! Unter größten Anstrengungen hob Flo die Lider. Sie sah Schwarz. Schwarz mit einem hellen Streifen. Wo war sie? Was zur quietschenden Ritterrüstung war passiert? Sie rappelte sich auf, stützte sich auf die Ellenbogen und versuchte, in der Dunkelheit etwas zu erkennen. Ihr Körper fühlte sich an, als hätte sie zwanzig Steilwände durchklettert und wäre anschließend einen Marathonlauf gelaufen. Ganz allmählich setzten ihre Erinnerungen wieder ein: der Tennisplatz ... Lilly ... die Hand auf dem Mund, der süße Geruch nach Klebstoff und Veilchen ... und dann ...? Wie lang war das her? Sie hatte keine Ahnung. Nervös tastete sie den Boden ab. Um sich herum fühlte sie Teppich. Sie streckte den Arm weiter aus. Aha. Der Teppich lag auf kaltem Steinboden. Vorsichtig krabbelte sie weiter, auf den hellen Streifen zu. Das war Licht. Tageslicht. Autsch! Sie stieß an eine Holzkante. Mit den Fingerspitzen fuhr sie die Kanten ab. Das war ein Schreibtisch! Flo zog sich hoch. Auf der großen, glatten Platte lagen Glassplitter. Jetzt dämmerte es ihr: Das Licht drang aus einem kaputten Fenster! Vage konnte sie die offen stehenden Flügel ausmachen. Die Fensteröffnung war mit Rollläden verschlossen ... oder? Nein! Jemand hatte Bretter vor die Öffnung genagelt. Plötzlich spürte sie einen Luftzug, der durch den Lichtspalt wehte. Flo wischte mit dem Ärmel die Scherben vom Tisch und kletterte auf die Schreibtischplatte, näher an den Spalt heran. Das Licht blendete sie so sehr, dass sie Kopfschmerzen bekam. Sie kniff die Augen zusammen und zwang sich, durch den Schlitz zu schauen. Verschwommenes Grün, Beige, jetzt wurde ihr Blick klarer ... ein zweistöckiges Gebäude, umgestürzte Bäume, eine Ruine ... Da, unter ihr, das war das Exploratorium! Sie schaute direkt von oben auf das alte Sandsteingebäude und die Reste der zerstörten Krankenstation! Sie musste im Planetarium sein! Jemand hatte sie in die zerstörte Sternwarte verschleppt ... Sie musste sofort hier raus! Das Gebäude war einsturzgefährdet! Flo kletterte von dem Schreibtisch herunter und tastete sich in die andere Richtung vor. Panik stieg in ihr auf. Hier findet mich natürlich nie jemand, dachte sie. Keiner stieg freiwillig hinter die Absperrung! Ringstrøm hatte es strengstens verboten! Im selben Moment stieß sie gegen eine Wand. Sie tastete sich seitwärts weiter. Jetzt glitten ihre Finger über eine Kante. Sie fuhr mit den Händen abwärts. Eine Klinke. Flo drückte sie nach unten, doch die Tür war verschlossen. Sie kramte in ihrer Tasche nach dem Dietrich, dann fuhr sie mit der Hand noch weiter hinunter, um den Eisenhaken in das Schloss zu stecken. Doch die Tür war mit drei Sicherheitsschlössern verriegelt! Dafür brauchte sie besonderes Werkzeug oder einen Bohrer! Sie spürte ihren Puls in den Schläfen pochen. Wie kam sie hier nur raus?! Die letzten Fetzen Zuckerwatte verschwanden aus ihrem Kopf, und nun konnte sie wieder klar denken. Blitzschnell ging sie ihre Möglichkeiten durch: Sie könnte mit zwei Stromkabeln einen Kurzschluss auslösen. Mittels Funken könnte sie dann Feuer und Rauch schaffen. Nicht ungefährlich, aber effektiv. Doch dann fiel ihr ein, dass im Planetarium der Strom abgeschaltet war. Ringstrøm hatte das noch in der Sturmnacht veranlasst! Nächste Möglichkeit: durch Krach auf sich aufmerksam machen. Doch wer verirrte sich in den hinteren Teil des Internats, jetzt, wo hier alles zerstört war? Und wie laut musste sie sein, dass der Lärm von hier oben aus dem Planetarium nach unten ins Matilda drang? Andererseits: Pina und Blanca würden nach ihr suchen … Dann fiel es ihr ein: optische Signale! Flo drehte sich um und steuerte wieder auf das Fenster zu. Sie musste versuchen, die Bretter zu lösen. Dann konnte sie Dinge nach draußen werfen oder eine Fahne hissen. Sie setzte sich auf den Schreibtisch, umklammerte rechts und links mit den Händen die Tischkante und trat mit voller Wucht gegen das Holz. Ein Schmerz durchzuckte ihren Fußknöchel, die Bretter zitterten – doch mehr passierte nicht. Flo überlegte: Die Bretter waren von innen gegen das Fenster genagelt oder geschraubt. Und sie waren offensichtlich so dick, dass sie das Holz nicht mit einem Tritt zerschmettern konnte. »Steter Tropfen höhlt den Stein!«, schoss ihr durch den Kopf.

Sie riss die Schreibtischschublade auf und wühlte sich durch den Krimskrams. Plötzlich fühlten ihre Finger eine lange Papierschere. Die war ideal!

Sie schob die Enden der Schere in den schmalen Lichtspalt zwischen den beiden Brettern und begann, sie hin und her zu hebeln. Lange spürte sie nichts, doch dann lockerten sich allmählich die Schrauben, mit denen die Bretter an der Wand befestigt waren. Putz rieselte hervor. Flo ruckelte noch heftiger und noch schneller. Als das untere Brett weit genug gelockert war, schob sie die Scherenspitze zwischen Wand und Brett und hebelte das Brett von der Wand. Doch egal, wie sehr sie sich anstrengte, sie bekam die Schraube nicht ganz aus der Wand! Sie saß einfach zu fest!

»Je länger der Hebel, desto geringer der Kraftaufwand«, sagte Flo laut, und ihre Stimme klang seltsam heiser. Vorsichtig tastete sie sich im Raum herum. In der Ecke neben der Tür fand sie einen Besen. Sie setzte den Stiel als zweiten Hebel unter die Schere. Jetzt musste sie den Holzstiel nur noch von der Wand weg und gegen den Scherengriff drücken! Flo drückte sich mit den Füßen von der Wand ab und stemmte sich gegen den Besenstiel – da gab die Schraube mit einem lauten Krachen nach, und Flo flog einmal quer durch den Raum. Das Brett ratschte auf einer Seite hinunter, und nun lag ein großes, helles Dreieck frei, durch das Flo den Himmel sehen konnte.

Sie kletterte wieder auf den Tisch und schob vorsichtig den Kopf durch die Lücke, durch die sie gerade so hindurchpasste! Nun konnte sie fast das ganze Internatsgelände überblicken. Sogar den vorderen Teil des Kreuzgangs und einen Streifen des Innenhofes konnte sie sehen. Weit hinten bewegten sich Menschen über den Außenhof, klein wie Playmobil-Männchen. Jetzt musste sie sich nur noch bemerkbar machen. Flo zog den Kopf wieder zurück und sah sich um. Leider gab es keine Vorhänge, aus denen sie eine Fahne hätte basteln können. Da entdeckte sie in der Ecke über einem Waschbecken einen Spiegel! Flo nahm das schwere, klotzige Ding vom Haken und schob es durch die Lücke aus dem Fenster. Dann winkelte sie den Spiegel genau so an, dass er die Strahlen der Herbstsonne einfing und reflektierte. Jetzt konnte sie Lichtzeichen geben. Dreimal kurz – dreimal lang – dreimal kurz! SOS!

Sie betete, dass irgendjemand auf ihre Hilfezeichen hoch oben aus dem Planetarium aufmerksam wurde.

Kapitel
Siebzehn

Der Spiegel in Flos Händen wurde immer schwerer – doch sosehr sie sich auch bemühte, niemand schien ihre Lichtzeichen zu bemerken! Nach einer Viertelstunde konnte sie den klobigen Rahmen nicht mehr halten. »So funktioniert das nicht«, ächzte sie und wollte den Spiegel gerade zurückziehen, da entdeckte sie im Kreuzgang eine Gruppe Schülerinnen … Waren das ihre Freundinnen?! Ja, ganz sicher! Da war eine rote Lockenmähne und daneben jemand mit sehr dunklen Haaren, das mussten Blanca und Pina sein! Jetzt konnte sie ihre Notrufe gezielt in den Kreuzgang schicken! Mit letzter Kraft hievte Flo den Spiegel wieder in Position und sendete einen Lichtpunkt direkt zwischen den Säulen hindurch auf die alten Sandsteinplatten.

Doch genau in der Sekunde, als der Lichtpunkt dort aufflackerte, steckten Blanca, Pina, Min-Hai, Abeba, Olga und Minerva die Köpfe zusammen – und schenkten allem, was um sie herum passierte, keine Beachtung mehr.

»Und?«, fragte Blanca.

»Es führen definitiv keine Spuren aus dem Internat hinaus in die Berge«, antwortete Pina.

»Wir haben jeden Grashalm umgedreht«, seufzte Minerva.

»Aber vorn aus dem Haupttor kann Flo auch nicht verschwunden sein, da hätte sie jemand gesehen«, entgegnete Olga.

»Also *muss* sie hier im Internat sein«, schloss Blanca.

»Aber wo?!«, rief Min-Hai. »Petronova hat alle Keller durchsuchen lassen. Sie war selbst im verbotenen Teil der Bibliothek.«

»Und Madame hat jede noch so kleine Besenkammer durchkämmt«, fügte Abeba an, und Minerva wusste zu berichten: »Ringstrøm hat Drohnen mit Wärmebildkameras über das Gelände gejagt und in die Brunnen hinabgelassen.«

»Alle Verbündeten haben mitgesucht, und wir haben noch mal jede Schlafkammer kontrolliert. Jeden Schrank! Wir haben unter alle Betten geguckt!«

Da kam Charly den Kreuzgang heruntergestolpert. »Habt ihr was rausgekriegt?!« Ihr Stimmchen zitterte vor Angst.

Pina legte einen Arm um ihre Schultern und bedeutete ihr, still zu sein. Angespannt schaute sie in die Runde. »Wie soll es jetzt weitergehen?«

In dieser Sekunde traf der Lichtpunkt direkt hinter Pinas und Charlys Füßen auf den Boden, hüpfte ungelenk von Steinplatte zu Steinplatte, witschte an der Wand hinauf und wieder hinunter.

»Wir durchsuchen noch einmal jeden Winkel«, bestimmte Blanca.

»Aber diesmal teilen wir die Bereiche neu auf«, warf Pina ein. »Jeder schaut schließlich anders.«

»Ich kann auch helfen!«, rief Charly.

»Ja, du kannst irgendwo mitgehen«, sagte Olga gereizt. Sie war furchtbar nervös, und die schniefende, vor Angst schlotternde Charly machte sie noch wuschiger.

»Okay, wer übernimmt was?«, fragte Blanca.

Oben in ihrem Turmzimmer drehte Flo den Spiegel hin und her. Der Lichtpunkt vollführte wilde Kringel, sauste über Pina und Charly hinweg und sprang dann im Zickzack die Wand hinauf. Min-Hai hätte nur aufsehen müssen, und wenn Blanca bloß einen Zentimeter zur Seite getreten wäre, hätte Abeba den Lichtpunkt an der Mauer bemerkt – doch in dem Moment, als Blanca ihre Lockenmähne schüttelte und den Kopf leicht zur Seite neigte, eilten von der anderen Seite des Gangs Nour und Amal heran.

Flo stöhnte auf: »Wo gucken die denn jetzt alle hin?!« Sie konnte den schweren Spiegel langsam nicht mehr halten!

»Habt ihr eine Spur?«, rief Nour schon von Weitem. Als Blanca zur Antwort den Kopf schüttelte, winkte Nour niedergeschlagen ab.

»Das war's dann wohl«, stöhnte Amal. »Wir haben die Schulweltmeisterschaft verloren – und damit das Matilda.«

»Mal ganz davon abgesehen, dass Florence verschwunden ist«, fügte Nour schnell an.

»*Wieso* haben wir verloren?!«, rief Min-Hai völlig verständnislos.

»Weil Flo in einer Stunde in Strategie antreten müsste! Wir dürfen niemanden mehr nachnominieren! Und wenn ein Wettkämpfer dem Turnier jetzt fernbleibt, heißt das *null Punkte*.«

Der Lichtfleck schlug hysterische Saltos und sauste einmal

quer durch Charlys Blickfeld. Irritiert legte die den Kopf schief. »Was ist das denn? Will da jemand –« Weiter kam sie nicht, denn Blanca jagte ihr einen Ellenbogen in die Seite. »Pscht!«

»Das heißt, alles war umsonst?«, jammerte Minerva gleichzeitig.

»Unsinn!«, fuhr Blanca sie an. »Verloren haben wir erst, wenn der Startgong zum Strategie-Wettkampf schlägt und Flo *nicht* da ist!«

Charly verfolgte den tanzenden Lichtpunkt. »Guckt doch mal! Das ist –«

»Charly, wir müssen jetzt deine Schwester suchen«, fuhr Min-Hai ihr über den Mund. »Du kannst still zuhören oder gehen.«

»Hey, lasst sie in Ruhe!« Pina hob beschwichtigend die Hände. »Wir brauchen jetzt einen klaren Plan. Flo wird uns nie verzeihen, wenn wir sie nicht rechtzeitig finden.« Dann zeigte sie entschlossen nach Süden: »Minerva, Olga, ihr übernehmt jetzt den Bereich! Abeba, Min-Hai, für euch ist der Westteil.«

Charly sah gebannt auf den rhythmisch aufblitzenden Lichtpunkt. »Gibt da einer Morsezeichen?«, murmelte sie.

»Nour, Amal könnt ihr den Osten übernehmen?«, übertönte Blanca Charlys Worte. Nour nickte und eilte mit Amal los. Pina nahm Charly an der Hand. »Komm mit mir!«

»Aber halt uns nicht auf, klar?!«, mahnte Blanca und wollte losrennen, als der Lichtpunkt ruckartig stehen blieb – und mit ihm Charly.

»Was?!«, schimpfte nun auch Pina.

»Da war eben so ein Lichtpunkt, der … der macht so Zeichen!«
»Wo?«
»Jetzt steht er still, da!«
Oben im Planetarium hatten Flo die Kräfte verlassen. Ihre Arme zitterten so sehr, dass sie sich für einen Moment auf der Fensterbank abstützen musste.
»Ach, wir haben jetzt keine Zeit für Pipifax!«, raunzte Blanca und peste los.
Charly rührte sich nicht – und Pina konnte nicht genau sagen, was es war, aber irgendetwas hielt jetzt auch sie fest. So ein merkwürdiges, unbestimmtes Gefühl.
»Warte, Blanca!« Pina betrachtete den Lichtpunkt vor ihren Füßen.
Blanca verdrehte die Augen. »Mensch! Folge der Ameisenkarawane oder den Hasenkötteln oder wie das heißt! Aber jetzt komm in die Mokassins! Uns läuft die Zeit weg!«
Pina rührte sich nicht und starrte gemeinsam mit Charly auf den Lichtpunkt
»Dann geh ich halt ohne euch!« Blanca rannte los.
Da hüpfte der Lichtstrahl plötzlich hoch und fiel Pina direkt in die Augen.
In derselben Sekunde rutschte Flo der Spiegel aus den Händen und stürzte fünfzehn Meter tief in den matschigen Wiesenboden.
»Jetzt ist es ganz weg!«, stellte Charly leise fest.
Pina nickte stumm, zog Charly ein paar Schritte in Blancas Richtung, blieb dann aber wieder stehen. Sie betrachtete den Wetterhahn auf dem Exploratorium, der in der Sonne

glänzte. »Aber der reflektiert kein Licht in unsere Richtung.« Nachdenklich wickelte sie einen Zopf um den Finger und und rief Blanca nach: »Hey, scheint irgendwann mal die Sonne aus Nordosten?«

Blanca drehte sich genervt um und ging rückwärts weiter. »Niemals! Von wem stammt diese dämliche Indianerweisheit?! Vom Krieger Lustiges Pony?! Jetzt lass dich nicht von der Kleinen verrückt machen und komm!«

»Das Licht kam eben ziemlich steil von oben, von … da!« Pina streckte den Finger aus und zeigte Richtung Planetarium. Noch immer ragte der Baum aus der zerstörten Kuppel. »Wer hat das Planetarium durchsucht?«

Blanca zuckte mit den Schultern. »Da wird Petronova die Sternenkundler-Lehrer reingeschickt haben. Wenn überhaupt – da herrscht doch Einsturzgefahr.«

Jetzt rannte Pina so schnell los, dass Charly kaum mithalten konnte. »Kommt!«

Gleichzeitig streckte Flo den Kopf aus dem Spalt zwischen den Brettern und tastete die Wand ab. Jetzt blieb ihr nur noch eine Möglichkeit: klettern. Wie sie allerdings ohne Hilfsmittel die alte, gemauerte Wand hinunterkraxeln sollte, war ihr schleierhaft.

Sie hakte die Füße hinter die Kante der Schreibtischplatte und rutschte langsam nach vorn, um die Wand zu untersuchen, bevor sie ihren waghalsigen Abstieg startete.

Kapitel
Achtzehn

Als Pina, Charly und Blanca um die Ecke des Exploratoriums rasten, hing Flo kopfüber aus dem Fenster des Planetariums. »Oh nein!«, stieß Pina aus, denn sie sah etwas, das Flo nicht sehen konnte: die gefährlich losen Dachziegel direkt über ihrem Kopf!
»Zurück!«, brüllte Blanca. »Los, geh wieder rein!«
»Vorsicht!«, quietschte Charly.
Flo stützte sich von der Wand ab und hob den Kopf. Jetzt sah sie ihre kleine Schwester, die wild mit den Armen wedelte, und Pina, die das eindeutige Zeichen für *Rückzug* machte. Flo wendete den Blick nach oben – und dann sah auch sie die losen Ziegel. Einen Moment stockte ihr der Atem, dann krallte sie sich in den Fensterrahmen, rutschte blitzartig rückwärts – und gerade als sie in der Fensteröffnung verschwunden war, löste sich die Dachpfanne, sauste am Fenster vorbei und schlug tief in den Boden.
»Du musst da sofort raus!«, rief Pina. »Das Ding ist einsturzgefährdet!«
»Ich bin eingesperrt. Holt eine Axt!«, brüllte Flo zurück.
Sofort raste Blanca zu den Werkräumen. Bevor Pina unter

dem rot-weißen Flatterband mit dem Schild *Betreten verboten* hindurchschlüpfte, packte sie Charly an den Schultern. »Du rennst jetzt zum Oratorium und versuchst, Gonzales aufzuhalten. Der Strategie-Wettkampf darf nicht beginnen, bevor Flo da ist. Klar?! Hol dir Mette zu Hilfe. Zu zweit ist alles leichter!«

Charly nickte und peste los.

Pina holte tief Luft, und dann kämpfte sie sich über den Schutt in das zerstörte Gebäude. Ganze Stufen der alten Holztreppe fehlten, und das Geländer war an vielen Stellen abgerissen. Es knackte gefährlich laut, als Pina Schritt für Schritt nach oben stieg.

Flo hämmerte gegen die verschlossene Tür, damit Pina sie orten konnte. »Ich bin hier! Hier bin ich!«

Dicht an der Wand entlang kletterte Pina höher, bis sie die Büroräume ganz oben, direkt unter dem Kuppelraum, erreicht hatte. »Okay, ich bin da!«

Flo atmete auf. »Ein Glück!«

»Wie geht es dir? Alles in Ordnung?« Pinas Stimme klang besorgt.

»Alles in Ordnung. Wenn ich jetzt eine Nacht durchschlafe, kann ich morgen locker zu Strategie antreten.«

Einen Moment war es still. Flo klopfte gegen die Tür. »Pina? Bist du noch da?«

»Äh, Flo ...«, sagte Pina, »... Strategie startet in vierzig Minuten. Die Sache mit Lilly und dem Tennisplatz war gestern ... Bist du sicher, dass alles okay ist?«

Einen Moment war Flo verwirrt. »Gestern? Aber ...« Angestrengt dachte sie nach. »Ich ... habe keine Erinnerung. Ich

weiß nur noch, dass ich auf der anderen Seite des Tennisplatzes jemanden gesehen habe, hinter einem Busch. Dann war da ein Knacken hinter mir, ich dachte, du kommst zurück, und dann – da war so ein komischer Geruch, süß, nach Klebstoff und Pinselreiniger ... und es roch nach ... Veilchen – ja, genau –, und dann bin ich ohnmächtig geworden ...«
»Also doch Krankenschwester Schorf?!«, rief Pina aufgeregt.
»Nein!«, widersprach Flo heftig, auch wenn sie im ersten Moment gar nicht wusste, warum. »Es war nicht Schorf, denn die Person, die mich gepackt hat ... war größer ... und knochiger – sie hatte keine kalten Hände ... und nein, das war niemals Schorf!« Mit einem Mal hatte Flo ihren strategischen Scharfsinn zurück. »Wer auch immer mich da betäubt hat – sie oder er will, dass wir *denken*, dass es Schorf war!«
»Aber laut Kriminalistik-Team ist sie weiterhin verdächtig! Die konnten bisher nur Rettich-Bouillabaisse und Agricola als Entführerin ausschließen. Bei Crescendo, Santiago und –
»Weg da!«, donnerte in dem Moment Blancas Stimme durch die Tür, und eine Sekunde später krachte ein fester Hieb gegen das dicke Holz.
Pina und Blanca mussten sich drei Mal abwechseln, bis sie die drei Schlösser aus der dicken, schweren Eichentür geschlagen hatten. Dann trat Blanca mit voller Wucht gegen das Holz, und die Tür flog auf. Flo stürmte sofort hinaus.
»Los! Ich muss zu Strategie!«
Pina hielt sie am Arm. »Bist du sicher, dass du dafür klar genug bist?«
»Natürlich ist sie das nicht!«, donnerte Blanca. »Aber selbst

wenn sie nur halb so gut ist wie sonst, hilft uns das mehr, als wenn sie sich in die Koje legt und pennt!«

Hintereinander eilten sie, so schnell es die zerfallene Treppe zuließ, nach unten. Jetzt erst spürte Flo, wie wackelig sie in den Knien war. Sie presste die Lippen aufeinander und stützte sich an der Wand ab. Die anderen sollten nicht merken, wie angeschlagen sie war. »Wie ist der Punktestand?«, ächzte sie.

»Gestern Abend haben wir mit einem Punkt geführt!«, rief Pina über die Schulter.

»Amal hat es mit einer super Turn-Kür wieder rausgerissen«, brüllte Blanca von einer Etage weiter unten hinauf.

»Und Blanca hat 89 Punkte in Informatik gemacht!«, rief Pina.

»Super«, sagte Flo. Jeder Schritt dröhnte in ihren Schläfen, und sie bekam schreckliche Kopfschmerzen. Aber sie musste jetzt ins Oratorium. Sie musste in Strategie antreten und Punkte holen! Das Matilda musste gewinnen. Sonst war alles umsonst gewesen! »Und sonst?«, fragte sie, um sich von den Schmerzen abzulenken. »Habt ihr irgendetwas Neues über die geheime Strippenzieherin herausbekommen?«

Pina reichte Flo eine Hand, um ihr über das Geröll im Eingang zu helfen. »Wir haben dich gesucht! In den letzten zwanzig Stunden haben wir das Matilda auf den Kopf gestellt – und an nichts anderes gedacht!«

»'tschuldigung«, murmelte Flo und tauchte unter dem rotweißen Flatterband hindurch ins Freie. Sie musste die Augen zusammenkneifen, denn das Tageslicht blendete sie.

»Brauchst du irgendetwas?«, fragte Pina.
»Ihr könntet mir einen von Minervas Wunder-Kräutertees bringen.«
»Wird erledigt!«
»Und dann müsst ihr sofort anfangen, die Kleidungsstücke der Verdächtigen zu untersuchen. Irgendjemand außer Schorf muss noch nach Veilchen riechen!«
»Und wir müssen rauskriegen, wer im Auftrag von Petronova das Planetarium durchsuchen sollte«, fügte Pina an. »Aber du konzentrierst dich jetzt mal auf deinen Wettkampf, klar?«
Als sie den Kreuzgang erreichten, ging Flo die Puste aus. Blanca packte sie am Arm und zog sie im Laufschritt weiter. Mit Mühe stapfte Flo die Treppen zum Oratorium hinauf. Pina riss die Tür auf – und blieb fassungslos stehen.
Mitten auf dem Boden im Oratorium lag Mette, in ihrer ganzen mächtigen Größe. Um sie herum standen ratlos Dr. Gonzales, das gesamte Wettkampf-Komitee, Flos Konkurrenten – und Charly. »Das ist ein Albtraum – sie ist steif wie ein Eichenbaum. Das ist nicht zum Lachen, da kann man nichts machen!«, sagte sie und zuckte mit den Schultern.
»Verdammt noch mal, wir müssen diesen Trumm doch irgendwie hier rauskriegen!«, schimpfte Dr. Gonzales. »Der Wettkampf hätte schon vor fünfzehn Minuten beginnen sollen!«
»Ich habe mir schon den Rücken verhoben!«, fluchte ein Komitee-Mitglied. »Auf keinen Fall versuche ich noch einmal, diesen Zweizentnerklotz hochzukriegen!«
»Tut mir echt leid«, presste Mette zwischen den Zähnen hervor. »Das passiert mir manchmal. Ein mysteriöses Erblei-

den. Man weiß nie, wann der Anfall kommt und wann er vorbei ist.«

»Was ist hier los?«, fragte Flo, die jetzt auch die Tür erreicht hatte.

»Flo!«, rief Charly glücklich. »Mette ist umgefallen und kann sich nicht mehr bewegen!«

»Hä?«, machte Flo.

Charly zwinkerte unauffällig. Da hob Mette plötzlich einen Arm, öffnete und schloss die Faust und schaute mit großen Augen zu Dr. Gonzales. »Ein Wunder! Ich glaube, es geht wieder!« Sie rappelte sich auf. »Blitz-Genesung!«

Nun sahen Dr. Gonzales und sein Wettkampf-Komitee vollends verwirrt aus. Pina presste sich eine Hand vor den Mund. Flo hingegen sprang schnell zu ihrem Stuhl und pflanzte sich auf den Sitz. »Okay, dann kann es jetzt ja losgehen, oder?«

»An dieser Schule funktioniert überhaupt nichts normal!«, grummelte Dr. Gonzales. »Tragen Sie bitte ins Protokoll ein, Frau Kollegin: Start mit einer Verzögerung von genau siebzehn Minuten, wegen – eines mysteriösen Erbleidens einer ... einer ... Riesin!« Dann schlug er den Gong. Charly winkte noch einmal, und dann verschwand sie hinter Pina, Blanca und Mette aus dem Raum. Jetzt war Flo auf sich allein gestellt.

Kapitel
Neunzehn

Flo hatte die Aufgabe des Strategie-Wettkampfs drei Mal gelesen, aber sie verstand immer noch nicht, worum es ging. Ratlos starrte sie auf das Papier. Sie konnte sich einfach nicht konzentrieren. Was für ein Mittel hatten die Verräter ihr nur vor die Nase gehalten? Sie war doch sonst nicht so planlos und blöd! Allmählich wurde sie panisch. Sie durfte jetzt nicht scheitern. Es ging um die Zukunft des Matildas! Verzweifelt presste sie die Finger gegen die Schläfen, doch es half nichts. Sie verstand einfach nicht, was die mit dieser Aufgabe von ihr wollten! Hoffnungslos schob sie das Papier beiseite und sah aus dem Fenster. Da entdeckte sie draußen auf der Wiese Herrn Ringstrøm. Beschwichtigend winkte er mit den Händen, dann öffnete er mit großer Geste die Arme, zeigte lächelnd über die Landschaft und zuckte mit den Schultern.

»Loslassen«, murmelte Flo. »Keine Lösungen erzwingen. Loslassen und die Ideen zu sich kommen lassen!« Herr Ringstrøm nickte ihr zu. Ein ruhiges, überzeugtes Nicken. Flo lächelte tapfer zurück, dann schloss sie die Augen. Sie dachte an Eisenherz, einen Galopp über die Bergpfade, ihre

Klettertouren mit Blanca und Pina, den Blick über die verschneiten Bergwipfel ... Und als ihr Herzschlag sich einigermaßen beruhigt hatte, öffnete sie die Augen und las noch einmal den ersten Satz der Aufgabe: *Bei einem Grubenunglück werden zwölf Bergleute verschüttet ... Unter dem Geröll des eingestürzten Schachts liegt noch Dynamit, das für weitere Sprengungen gedacht war ...*
»Dann gucken wir uns als Erstes mal die Karten an ...«, befahl Flo sich selbst.
»Pscht!«, machte der Amerikaner vom Nachbartisch.
»Passiert nicht wieder«, flüsterte Flo, denn nun hatte sie sich wieder gefangen.

Für den Strategie-Wettkampf waren vier Stunden angesetzt. Nach einer Stunde klopfte es, und Minerva bat darum, Flo einen Kräutertee bringen zu dürfen. Gnädig stimmte Dr. Gonzales zu.
»Damit schlägst du alle und jeden«, wisperte Minerva, als sie Flo die grüngelbe Flüssigkeit in eine Tasse schüttete. Dann verließ sie wieder den Raum.
Flo hatte keine Ahnung, was Minerva ihr da zusammengebraut hatte, aber es war, als hätte jemand vor ihren Augen einen Scheibenwischer eingeschaltet. Plötzlich sah sie alles glasklar und war konzentriert wie nie. Nach zwei Stunden hatte sie die verlorene Zeit wieder aufgeholt. Jetzt wusste sie ganz genau, von welchem Nebenschacht sie in den Stollen steigen und wie sie einen Quertunnel graben wollte. Wie sie Kontakt zu den Verschütteten aufnehmen würde und sie mit Wasser und Nahrung versorgen konnte. Sie war so in

ihre Arbeit vertieft, dass sie den Grubenstaub auf der Zunge schmeckte. Sie spürte die Erschütterung der Sprengung, und gerade als sie in Gedanken den ersten Bergarbeiter ans Tageslicht holte, schlug Dr. Gonzales den Schlussgong. Völlig ausgelaugt sackte Flo in sich zusammen. Sie reichte Dr. Gonzales die Papiere, dann verließen sie ihre Kräfte. Sie war so erschöpft, dass Pina und Blanca sie unterhaken und aus dem Oratorium ziehen mussten.

»Petronova ist superfroh, dass du wieder da bist, aber sie war übrigens auch supersauer, dass du weg warst«, flüsterte Pina, während sie Flo durch den Kreuzgang schleppten.

»Wieso habt ihr ihr überhaupt gesagt, dass ich weg war?«, murmelte Flo.

Pina schüttelte fassungslos den Kopf. »Du warst vierundzwanzig Stunden wie vom Erdboden verschluckt – meinst du, das fällt nicht auf?!«

»Wir haben aber nichts von der Falle erzählt«, wisperte Blanca, weil ihnen nun ein paar Lehrer entgegenkamen. »Wir haben nur gesagt, dass wir Lilly zu den Tennisplätzen begleitet haben, damit sie nicht allein ist, und dass du nur mal kurz aufs Klo gehen wolltest und dann plötzlich weg warst.«

»Sie hat uns natürlich kein Wort geglaubt«, fügte Pina an.

»Habt ihr etwas wegen des Veilchendufts herausbekommen?«, fragte Flo.

»Du hattest recht: Cilly schwört, dass Schorf die ganze Zeit bei ihnen auf der Krankenstation war, während Lilly auf dem Tennisplatz trainierte. Sie kann dich definitiv nicht entführt haben.«

»Aber jetzt haben wir das hier gefunden!« Pina öffnete eine Tüte, aus der ein scharfer Geruch nach Veilchen drang. »Ein Maler-Overall, getränkt mit Schorfs Parfüm.«

»Davon hatten wir immer eine Kiste in den Kunsträumen stehen – aber die Räume wurden für die Wettkämpfe ja leergeräumt. Bei dem Chaos wusste jetzt leider keiner, wohin.«

»Mist«, fluchte Flo. »Und wer sollte das Planetarium nach mir durchsuchen?«

»Dr. Polung«, antwortete Blanca. »Er macht sich heftige Vorwürfe und schwört, dass er ganz oben war, aber dass vor den Türen Geröll lag. Er sagt, er hat überall geklopft und gerufen – aber du konntest natürlich nicht antworten, weil du bewusstlos warst.«

Sie erreichten den Außenhof gerade in dem Moment, als die Ziffern auf der großen Digitalanzeige umsprangen. Der neue Punktestand, bei dem allerdings noch nicht Strategie berücksichtigt war, lautete: Boy School – 1375 Punkte. Skog Skola: 1380 Punkte. Alpen-Internat: 1346 Punkte.

»Wie kann das sein?«, rief Pina fassungslos.

»Anastasja hat in Mathematik total verratzt«, sagte eine Mitschülerin, die sich die Punkte auf einem Zettel notierte. »Heute Morgen, beim ersten Wettkampf! Wir sind alle total sauer.«

Nun wurde Flo wackelig in den Knien. Was, wenn sie es auch versemmelt hatte? Vielleicht war ihr ja gleich zu Beginn ein schrecklicher Fehler unterlaufen, der sie auf eine völlig falsche Spur gebracht hatte?

»Hey, das geht immer mal hin und her«, versuchte Pina sie

zu beruhigen. »Es kommen ja auch noch Kunst und Elektrotechnik!«

»Und vor allen Dingen fehlen ja noch deine Punkte«, dröhnte Blanca und schlug Flo siegessicher auf die Schulter.

Jetzt wurde Flo richtig übel. »Ich glaube, ich lege mich ein bisschen hin«, sagte sie und wankte Richtung Gästehaus. »Ihr könnt mir dann ja sagen, was rausgekommen ist.«

Pina und Blanca sahen sich besorgt an, dann eilten sie Flo nach und begleiteten sie in ihr Zimmer.

»Möchtest du nicht etwas essen?«, fragte Pina. »Du musst doch schrecklich hungrig sein!«

»Danke, nein. Geht nur«, sagte Flo, nachdem sie sich aufs Bett gelegt hatte. »Ich möchte nur schlafen.«

»Sicher?«, hakte Pina noch einmal nach. Flo nickte und kroch unter die Decke.

Kaum war die Tür hinter ihren Freundinnen ins Schloss gefallen, überkam sie eine kalte Furcht. Was, wenn sie versagt hatte?! Wenn ausgerechnet *sie* das Matilda zu Fall bringen würde?! Einen noch größeren Punkterückstand würden sie nicht mehr einholen. Dann war es vorbei. Dann gäbe es kein Preisgeld – nur das Ende für Petronova und das Internat, so wie sie es kannte und liebte. Alle würden in ihr Heimatland zurückkehren. Pina nach Nordamerika, Blanca in die Karibik. Min-Hai nach China, Olga nach Russland, Minerva nach Deutschland, Abeba nach Äthiopien. Sie wären verstreut über die ganze Welt. Sie müssten auf normale Schulen gehen. Ohne Strategie-Unterricht, ohne Exploratorium. Ohne Bogenschießen, Fechten und Klettern. Kein Herr Ringstrøm mehr, keine geheimnisvolle Bibliothek, keine Pferde …

Flo zog die Decke über den Kopf. Hätte sie nur nicht diesen blöden Plan mit der Falle gehabt! Dann hätte sie voll aus ihrem Talent schöpfen können. Aber so hatte sie es für alle vermasselt … Es fiel ihr schwer, nicht zu weinen.

»Wieso hast du nicht von innen abgeschlossen?!«
Flo fuhr herum. Pina stand mit vorwurfsvoller Miene vor ihrem Bett, und schon wieder wusste Flo nicht, wie viel Zeit vergangen war.
»Glückwunsch!«, donnerte Blanca. »Du hast 90 Punkte geholt, alter Raubritter!«
»Und hättest du nicht einen kleinen Rechenfehler gemacht, hättest du sogar noch den Amerikaner überholt.«
Flo rappelte sich auf. »Wie viele Punkte hat der?«
»95, und der Schwede 80. Du hast dich sensationell geschlagen«, jubelte Blanca. »Ringstrøm platzt vor Stolz.«
»Und insgesamt? Wie sieht es da aus?«
Flo stürzte ans Fenster und schaute auf die Digitalanzeige im Hof. Boy School: 1635 Punkte, Skog Skola: 1645 Punkte, Alpen-Internat: 1616.
Das Matilda war abgeschlagen wie bisher kein Team in dieser Schulweltmeisterschaft, auch wenn sich ihr Rückstand vom Nachmittag etwas verkleinert hatte. Verzagt sah sie ihre Freundinnen an. »Es sieht echt schlecht für uns aus.«
»Pah!« Pina warf stolz den Kopf zurück und streckte eine Hand aus. »Es ist besser, eine Fackel zu entzünden, als über die Dunkelheit zu klagen!«
Blanca schlug grinsend ein. »Jepp! Denn erst bei schlechtem Wetter erkennt man den guten Seemann.«

Flo nickte. »Nur eine Schlacht, die man nicht schlägt, ist schon verloren.« Doch sosehr sie sich auch bemühte: Kämpferisch klang sie nicht. Ihre Sorgen waren einfach stärker als ihre Zuversicht.
Blanca knuffte sie. »Hey, es hängt von uns ab, wir haben es in der Hand: du, ich, Abeba und Lilly.«
»Ihr schafft das!« Pina legte Flo beruhigend die Hand auf den Arm. »Für das Matilda Imperatrix!«
Blanca streckte die geballte Faust in die Luft. »Und jetzt alle zusammen: Für das Matilda Imperatrix!«
Zum Glück war Blancas Stimme so donnernd laut, dass sie den Zweifel in Flos Ausruf übertönte.

Kapitel
Zwanzig

Der nächste Morgen drückte auf Flos Schultern wie ein viel zu schwerer Rucksack. Noch nie in ihrem Leben hatte sie Angst vor einer Prüfung gehabt, aber jetzt rumorte es in ihrem Bauch, als würden kleine Motorräder darin Loopings schlagen. »Wahrscheinlich, weil es nicht um mich geht, sondern um viel mehr«, murmelte Flo und stieg in ihre Reithose. »Was sagst du?!«, fluchte Blanca. Sie war an diesem letzten Wettkampfmorgen so angespannt und fahrig, dass sie sich versehentlich Sonnencreme auf die Zahnbürste geschmiert hatte. »Uäääh! Das schmeckt wie Duschreiniger mit Rosenkohl-Geschmack.«

»Hör auf, sonst wird mir noch schlecht.«

»Dir ist flau im Magen, weil du zu wenig gegessen hast.«

»Ich habe gestern Abend noch zwei Teller Rinderkraftbrühe verputzt!« Flo ließ sich auf die Bettkante fallen und seufzte. »Was machen wir, wenn wir es nicht schaffen?«

Blanca sah sie kopfschüttelnd an. »So kenn ich dich gar nicht, Rittertochter!«

»Ich mich auch nicht«, sagte Flo leise. »Und das macht es so schlimm.«

Blanca spuckte ins Waschbecken. »Ich brauche jetzt ganz schnell einen anderen Geschmack im Mund. Hör auf zu grübeln und komm mit frühstücken.«

Nebeneinander liefen sie den menschenleeren Kreuzgang entlang, als plötzlich jemand hinter ihnen rief: »Wartet mal!« Es war Lilly mit ihrer Bewacherin, die ebenfalls am Vormittag antreten musste. »Kann ich mit euch kommen?«
»Klar«, sagte Flo.
Lilly streckte die Hände aus. »Ich zittere schon den ganzen Morgen. Aber ich werde alles geben, ehrlich. Ich möchte nicht, dass das Matilda schließt, denn eine bessere Schule werden wir niemals wieder finden!«
Flo nickte. »Ja, aber vielleicht sollten wir jetzt über etwas anderes reden, sonst drehen wir vor Nervosität noch durch.«
»Okay, was anderes, ja.« Lilly nickte heftig. »Was gibt es denn da? Habt ihr euch die neuen Trends der Mailänder Modeschauen angeguckt? Die sind total abgefahren!«
Blanca starrte Lilly an, als wären der plötzlich Fühler gewachsen. »Äh, hast du vielleicht noch etwas auf Lager, das *anders* anders ist?«
Lilly überlegte kurz. »Handtaschen?«
Blanca holte tief Luft. »Ich meinte eher so etwas wie: Mein Onkel hatte mal 'ne alte Jolle, die ist leckgeschlagen, weil er auf ein Riff gelaufen ist ...«
»Ah, ja, okay!« Lilly nickte. »Ich habe gestern einen spannenden Artikel gelesen, über *Lasertechniken zur Beurteilung von Gefahrenlagen mit Objekten mit chemischen und explosiven Gefahrstoffen*. So etwas?«

Blanca nickte. »Davon versteh ich zwar auch nicht so viel, aber alles ist spannender als Handtaschen.«

Um acht Uhr sammelten sich die Wettkämpfer auf dem Außenhof. Flo und Blanca umarmten sich, dann musste Blanca mit den anderen Seglern in den Bus steigen, der sie zu den großen Seen brachte. Min-Hai und Olga begleiteten die Athleten, um Blanca vor einem möglichen Angriff zu schützen. Lilly zog mit den Tennisspielern zu den Sportplätzen – fest im Blick von Minerva und Nour aus dem Strategie-Team.
Flo ritt gemeinsam mit Pina und Aaron ins Dorf, um Eisenherz zu holen.
Nur Abeba schlief noch, denn sie startete erst um 12.00 Uhr ihren Halbmarathon. Aber auch ihr Zimmer wurde von zwei Oberstufenschülerinnen bewacht.

Als Flo in Davides Stall die Türen öffnete, scharrte Eisenherz schon ungeduldig mit den Hufen. Er steckte voller Energie und wollte raus. Flo schlang ihre Arme um seinen Hals und drückte sich in das weiche schwarze Fell.
»Du musst heute alles geben. Bitte lass mich nicht im Stich«, flüsterte sie. Dann trenste und sattelte sie ihr Pferd und ritt zwischen Aaron und Pina zurück zum Matilda.
»Ihr werdet das super machen«, sagte Pina, als Aaron ein Stück vorausgetrabt war.
»Hast du das geträumt, oder sagst du das nur, um mich aufzubauen?«, fragte Flo.
Pina lächelte. »Weder noch. Ich weiß es. Niemand wird euch schlagen. Wie bei dem Rennen Mountainbike-gegen-Pferd.

Wenn es drauf ankommt, wächst Eisenherz immer über sich hinaus. Und du auch.«

»Das habe ich bei Strategie gesehen«, seufzte Flo.

»Sei nicht undankbar!« Pina sah jetzt richtig böse aus. »Du warst von diesem Betäubungsmittel geschwächt – und du hast trotzdem 90 Punkte geschafft! Das war sensationell! Jeder andere hätte nicht mal halb so viel erreicht.«

Flo zuckte mit den Schultern. »Was hat Minerva mir da eigentlich für einen Wundertee zusammengebraut? Und warum bekommen wir den nicht vor jedem Wettkampf?«

Pina grinste. »Das war ein ganz normaler Kräutertee aus Bachblüten-Essenzen, mit etwas Guarana. Sie sagte, alles andere wäre zu gefährlich, weil sie ja nicht wusste, welche Giftstoffe sich noch in deinem Körper befanden.«

Flo klappte der Kiefer herunter. »Das war eine Mogelpackung?«

»Ja. Das Guarana hat dich zwar ein bisschen wacher gemacht, aber es ging hauptsächlich darum, dass du an dich glaubst! Und das hat ja funktioniert.«

»Wie fies ist das denn!«, rief Flo empört aus. »Ihr habt mich getäuscht!«

»Nein«, widersprach Pina. »*Du* hättest dich selbst getäuscht, wenn wir dir keinen ›*Wundertee*‹ gegeben hätten. Wir wollten, dass du zeigst, was in dir steckt.«

Nachdenklich schaute Flo auf den Weg.

Pina gab ihr einen Stups. »Mach dir nicht so einen Kopf. Außerdem trittst du bei deinem nächsten Wettkampf nicht allein an.«

Flo tätschelte Eisenherz den Hals. Pina hatte recht. Das

war ein Riesenvorteil. Wie fühlten sich wohl die anderen? Blanca, die mit einem Boot segeln musste, das nicht so gut war wie ihr eigenes ... Und Lilly, die zweite Wahl war nach der Hundspetersilien-Attacke auf Cilly ...
In dem Moment hörten sie ein lautes Rattern. Flo drehte den Kopf. Von hinten näherte sich ein riesiger Pferdetransporter. »Achtung! Wertvolle Turnierpferde«, las Pina die Aufschrift auf dem hochmodernen Kastenwagen.
»Die kommen aus Monterotondo!«, rief Flo. »Das sind erstklassige Lipizzaner!«
»Jetzt werd' nicht schon wieder panisch!«, mahnte Pina. »Sonst machst du Eisenherz noch ganz verrückt.«

Als sie durch das große Tor auf das Internatsgelände ritten, öffnete sich gerade der Pferdetransporter, und eine schneeweiße Lipizzaner-Stute tänzelte heraus. Sie hob den Kopf, blähte die Nüstern – und selbst Pina musste zugeben, dass sie selten ein solch schönes Pferd gesehen hatte.
Aaron sprang aus dem Sattel: »Das sagt gar nichts.«
Schweigend stieg Flo von Eisenherz und beobachtete, was nun geschah: Ein Trainer sattelte die Stute und führte sie auf den Sandplatz. Derweil näherte sich der eingebildete Reiter Marc F. Rover von der Boy School, begleitet von einem weiteren Trainer, der ihm unaufhörlich irgendetwas zuflüsterte. Marc ging an Flo, Pina und Aaron vorbei, ohne sie eines Blickes zu würdigen, und kletterte auf den Rücken der schönen Stute. Der Trainer nickte ihm zu und sprach dann ein paar Befehle aus. Prompt setzte sich die Stute in Bewegung und startete eine erstklassige Dressur – ohne dass

Marc auch nur einen Muskel anspannte oder eine Hilfe gab! Das Pferd gehorchte einzig dem Trainer und spulte ein super-perfektes Programm herunter! Wahrscheinlich konnte es das ohne oder mit Reiter – solange der sich nicht ausgesprochen blöd anstellte.

Flo schnappte nach Luft. »Das hat doch nichts mehr mit einem fairen Wettkampf zu tun! Das ... das ist doch ... ja, was ist das?«

Aaron stieß einen kurzen Pfiff aus. »Pipifax! Aber mach dir keine Gedanken. Der Wettkampf wird fair vonstattengehen, dafür werde ich sorgen.«

Ein dritter Helfer führte nun ein weiteres Pferd aus dem Transporter. Es war ein monstergroßer Hannoveraner. Flo hatte überhaupt noch nie ein so riesiges Pferd gesehen! Es war alles andere als schön, aber dafür muskelbepackt.

»Unser Spring-Champion«, grinste der Helfer und führte das Ungetüm an Flo vorbei.

»Darf man denn zwei verschiedene Pferde reiten?«, fragte Pina.

»In den Regeln steht jedenfalls nichts Gegenteiliges«, seufzte Aaron.

Flo war immer noch so fassungslos, dass sie gar nicht den zweiten Wagen mit Pferdeanhänger bemerkte, der nun durchs Internatstor rollte. Auf der Seite prangte in großen Lettern ›Stud Flyinge‹.

»Die Schweden bringen wenigstens ihre eigenen Pferde mit«, seufzte Pina. Und da lief auch schon Kimi mit wehendem Zopf heran, rannte um den Hänger, öffnete die Tür und führte einen kleinen, hübschen Fjordpferd-Araber-Mischling hinaus. Zwei seiner Kumpel schleppten ein mobiles Weidezaungerät mit Elektrodraht und Stangen hinterher. »Thor steht immer draußen – und am liebsten in meiner Nähe«, erklärte er und zwinkerte Flo zu. »Die Wiese hinter meinem Zelt ist perfekt. Viel Glück, bis nachher!«

»Sein Pferd ist einen halben Meter kleiner als dieser braune Riese«, bedauerte ihn Pina. »Der Arme!«

»Sein Pferd heißt Thor – und das ist sicher kein Zufall«, sagte Flo. »Wahrscheinlich hat es denselben Willen wie der hammerwerfende Gott.«

Aaron warf einen Blick auf seine Armbanduhr und zeigte dann mit strenger Miene Richtung Torhaus. »Wie auch immer. Du hast deine Gegner gesehen, und jetzt machst du dich vom Acker, Florence Orkney. Du musst etwas Anständiges essen und dich ausruhen.«

»Ich kann Eisenherz nicht aus den Augen lassen! Wenn irgendjemand ...«

»Du musst fit sein, denn ich möchte, dass ihr 100 Punkte holt«, fiel Aaron ihr ins Wort und wollte Flo die Zügel aus der Hand nehmen. Doch Flo ließ nicht los.

»Wie willst du ihn denn ganz allein beschützen?«

In dem Moment sauste eine Gruppe Mountainbiker durchs Haupttor. Flo schnellte herum und bekam große Augen. »Luca?!«

Luca grinste. »Glaubst du, ich lasse Eisenherz im Stich?!«

»Eben«, knurrte Aaron. »Vertraust du mir jetzt? Ich habe schon für Verstärkung gesorgt.«

Flo pustete tief aus. »Danke, danke, ihr seid ... toll.«

Luca zwinkerte ihr mit seinen graublauen Augen zu. »Du

bist der letzte echte Gegner, den ich hier habe. Und ich habe noch eine Revanche offen. Glaubst du, ich lasse zu, dass die den Laden schließen und ihr euch aus dem Staub macht, bevor ich mir meinen Sieg im Mountainbike-gegen-Pferd-Rennen zurückgeholt habe?«
»Niemals!«, erwiderte Flo.
»Das könnt ihr später klären!«, befahl Aaron. »So, und vor halb drei will ich dich hier nicht sehen, klar?!«

»Ich kann jetzt nichts essen!« Ruckartig blieb Flo im Kreuzgang stehen.
»Du hast doch gehört, was Aaron gesagt hat!«, sagte Pina.
Flo seufzte. »Ich weiß, aber ... ich ... wir müssen vorher unbedingt noch etwas erledigen. Komm mit!« Flo eilte an der Tür des Speisesaals vorbei und weiter Richtung Exploratorium. Am Behandlungszimmer der provisorischen Krankenstation blieb sie stehen und klopfte.
»Was hast du vor?!«, flüsterte Pina.
»Herein«, flötete im selben Moment die Stimme von Krankenschwester Schorf durch die Tür.
»Luft anhalten!«, sagte Flo und öffnete. Doch zu ihrer Überraschung war der Veilchengestank der Schwester gar nicht so beißend wie sonst. Weder Augenbrennen noch Würgattacken befielen sie. Irgendetwas stimmte nicht.
»Haben Sie Ihre Parfümflaschen verschenkt?«, fragte Flo.
»Rieche ich unangenehm?!« Krankenschwester Schorf errötete. »Es tut mir leid, aber während der Aufräumarbeiten sind mir mehrere Medikamente und fast alle Fläschchen meiner Veilchen-Essenz abhandengekommen – ich weiß

nicht, wie das geschehen konnte! Wie soll ich jetzt nur den Winter überstehen?!«

»Was für Medikamente sind denn verschwunden?«, fragte Pina.

»Na, zum Beispiel der Äther für eine Notbetäubung und –«

»Äther?«, unterbrach Flo. »Nach was riecht der?«

»Süßlich. Ein streng-süßlicher Geruch nach Lösungsmittel – wie Pinselreiniger mit einem leichten Verwesungsgestank.«

Flo fuhr zu Pina herum. »Das war es! Genau das hat mir jemand vor die Nase gehalten!«

»Wer?« Schwester Schorf schaute Flo verwirrt an.

»Derselbe, der auch Ihr Veilchen-Parfüm geklaut hat!«

»Also doch!« Die Krankenschwester raufte sich verzweifelt die Haare. »Ich hatte immer noch auf ein Versehen gehofft, dass irgendjemand die Sachen in die falschen Chemie-Schränke im Exploratorium geräumt hat. Hach, aber ich habe ja auch schon alles dreimal durchsucht. Nichts!«

»Sind Sie darum sofort auf *Hundspetersilie* gekommen, als Cilly diese Vergiftungserscheinungen hatte? Weil Sie beim Suchen Ihres Veilchen-Parfüms die Flasche gesehen haben, aus der jemand den Hundspetersilien-Sud genommen hat?«, fragte Pina.

Schorf nickte. »Ja, die Flasche stand offen im Giftschrank. Als ich sie zuschrauben wollte, sah ich, dass die Markierungslinie und der Inhalt nicht übereinstimmten. Und es war nichts im Buch eingetragen. Es war also klar, dass dort jemand etwas unerlaubt entnommen hatte.«

»Haben Sie irgendwem davon erzählt?«, hakte Flo nach.

Schorf schüttelte den Kopf. »Wem denn? Ich konnte unsere

Direktorin doch nicht auch noch damit belästigen! Sie hat schließlich genug Sorgen, die Arme!«
»Haben Sie eine Idee, wer hinter all dem stecken könnte?«, bohrte Flo weiter. »Haben Sie jemanden beobachtet, der in der zerstörten Krankenstation aufgeräumt hat?«
Die Krankenschwester schüttelte wieder den Kopf. »Glaubt mir, wenn ich wüsste, wer mein Veilchen-Extrakt gestohlen hat, dann könnte der etwas erleben!« Sie legte Flo ihre eiskalte Hand auf den Arm.
»Okay«, sagte Flo und zog schaudernd den Arm zurück, bevor sie Erfrierungen bekam. »Wir werden Ihnen suchen helfen, wenn die Wettkämpfe vorbei sind – aber wenn Ihnen vorher etwas einfällt, müssen Sie uns sofort Bescheid sagen.«
»Unbedingt«, versicherte die Krankenschwester. »Sonst muss ich nämlich auf Rosenduft umsteigen. Das wäre sehr ärgerlich.«
»Oh ja!«, sagte Flo und schlüpfte hurtig mit Pina aus der Tür.

»Im Prinzip stehen wir wieder ganz am Anfang«, sagte Flo, als sie im Speisesaal vor ihren Nudeln saß. »Wir kennen nur die Verräter um Richter, von denen aber keiner Chefin des Matildas werden kann. Und alle, die Chefin der Schule werden könnten, haben entweder Alibis für die meisten Tatzeiten oder halten zu Petronova. Jeder Verdacht hat sich bisher als Fehlspur entpuppt, und die geheime Strippenzieherin kann sich gerade ganz in Ruhe auf den nächsten Anschlag vorbereiten.«
»Aber wenn sie jetzt einen Versuch startet, kriegen wir sie«,

entgegnete Pina. »Wir haben für jeden Wettkampf Beschützer und Wachen organisiert!«

Flo strich sich müde durch die wuseligen Haare. »Tja, aber so, wie der Punktestand momentan aussieht, muss sich die Strippenzieherin nicht mal die Mühe machen, einen von uns aus dem Rennen zu schlagen. Das Matilda verliert, ohne dass sie einen Finger krumm machen muss. Ach, man weiß gar nicht, was man hoffen soll ...«

»Das meinst du nicht ernst!« Pina funkelte sie wütend an. »Ich habe wirklich genug von deiner Jammer-Waschlappen-Nummer! Bis jetzt habe ich dich getröstet und versucht, dich aufzubauen. Aber nun reicht es. Wir haben dich gewählt! Wir vertrauen dir! Also reiß dich zusammen, sei ritterlich! Denk an deine Vorfahren! Hätten die sich flennend in ihre Burg zurückgezogen?«

»Nein«, sagte Flo betreten.

»Der stärkste Gegner, das bist immer du selbst. Also: Überwinde deine Angst! Dann kannst du auch die anderen schlagen!«

Flo nahm Pinas Hände und drückte sie. »Ich werde mein Bestes geben – was auch immer geschieht. Versprochen.«

Kapitel
Einundzwanzig

Bevor Flos Wettkampf beginnen konnte, musste die Reihenfolge der Reiter ausgelost werden. Flo durfte als Jüngste zuerst ziehen. Dr. Gonzales hielt ihr seine fleischigen Finger entgegen, zwischen denen drei Streichhölzchen steckten. Flo spürte ihr Herz unter dem roten Seidenhemd pochen. ›Ich nehme einfach das mittlere‹, dachte sie und griff zu. Flo hatte die Startnummer 2 gezogen und war nach Kimi auf Thor dran.

»Wir beginnen mit dem Springen«, donnerte Dr. Gonzales über den Reitplatz und nahm auf der kleinen behelfsmäßigen Bretter-Tribüne zwischen den Wettkampfrichtern Platz. Der sandfarbene Thor machte seinem Namen alle Ehre und kämpfte sich tapfer über die Hindernisse. Er war klein, aber dafür umso zäher, und riss nur die beiden allerhöchsten Stangen. Dann war Flo an der Reihe. Sie stellte sich mit Eisenherz hinter der Startlinie auf. Der Hengst trat angespannt auf der Stelle, als könnte er es kaum erwarten, endlich loszulegen. Da schlug Dr. Gonzales den Gong.

»Los«, rief Flo und ließ Eisenherz die Zügel. Sie flogen über die Hindernisse. Flo versuchte, die Kurven so knapp wie möglich zu nehmen, damit sie keine wertvollen Sekunden verloren. Eisenherz war kaum zu halten, sie hatten ein unglaubliches Tempo – da knallte plötzlich ein Schuss. Ein Ruck durchlief den schwarzen Pferdekörper. Für den Bruchteil einer Sekunde war Eisenherz abgelenkt, sprang zu früh ab und streifte mit dem hinteren Huf die Latte. Das Holz zitterte. Flo wagte nicht, sich umzuschauen, da hörte sie, wie der Balken krachend in den Sand fiel. Die letzten Sprünge nahm Eisenherz wieder mit Leichtigkeit und galoppierte durch die Ziellinie.

»Was war das?« Flo sprang aus dem Sattel.

»Irgendwer muss mit einem Luftgewehr geschossen haben«, sagte Pina. »Drüben im Wald.«

Flo drehte sich zu dem gerissenen Hindernis um. »Hoffentlich hat uns das jetzt nicht den Sieg gekostet!«

»Dafür wart ihr rasend schnell. Eure Zeit muss dieser arrogante Amerikaner mit seinem Riesengaul erst einmal wieder einholen.« Pina deutete zur Startlinie, wo Marc mithilfe einer kleinen Trittleiter auf den monstergroßen Braunen kletterte.

Als das Pferd sich in Bewegung setzte, schien die Erde zu beben. Der Braune nahm die Hindernisse, als wären sie nicht mehr als eine Bordsteinkante.

»Durch seine Größe und Mächtigkeit kann er die Kurven nicht so eng nehmen. Vielleicht gleichen die Sekunden, die ihr schneller wart, das gerissene Hindernis wieder aus?«, hoffte Aaron.

Luca stellte sich neben sie. »Wenn wir den Schweinehund erwischen, der da geschossen hat, dann kann der sich warm anziehen!«, sagte er. »Die Jungs durchkämmen gerade den Wald.«

Wieder ein Versuch, uns den Sieg zu nehmen, dachte Flo. Sollte der Schuss eine Warnung sein? Oder hatte die Strippenzieherin gehofft, der laute Knall würde ausreichen, Eisenherz komplett zu verwirren?

Die Sekunden, die Flo und Eisenherz schneller als Marc und der braune Riese waren, glichen das gerissene Hindernis leider nicht aus. Nach dem ersten Durchgang mussten sie sich mit Platz zwei zufriedengeben.

Während sie nun zum Dressurplatz weiterzogen, kam Charly herangerannt. »Lilly hat diesen Zahnspangen-Dave im Tennis geschlagen!«, jubelte sie.

Flo atmete aus. Das waren gute Nachrichten. »Hat schon jemand etwas von Blanca gehört?« Doch von den Seen war bisher noch keine Nachricht ins Matilda gelangt, und Flo hoffte, dass dies kein schlechtes Zeichen war.

Auf dem großen Sandplatz begannen nun Kimi und Thor ihre Dressur. Die Vorführung war ziemlich eigenwillig und völlig anders als alles, was Flo bisher gesehen hatte. Thor setzte sich zwischendurch hin wie ein Hund, stand mit überkreuzten Beinen und konnte sogar torkeln! Das Ganze erinnerte mehr an eine Zirkusdarbietung als an eine klassische Dressur, war aber echt cool! Von den Zuschauern gab es ordentlich Applaus. Dann war Flo auf Eisenherz dran. Sie atmete einmal tief durch und stieg in die Steigbügel. Aaron nickte zuversichtlich, Pina machte einen Gruß zu Mutter Sonne, Luca zwinkerte ihr vom anderen Ende des Platzes aus zu, und Charly presste ihre beiden Fäuste so fest zu-

sammen, dass ihre Hände ganz weiß wurden. Flo drehte sich noch einmal um. Sie sah auf ihr Matilda Imperatrix, den hohen Glockenturm, das zerstörte Planetarium, das trotzig in den Himmel ragte. Dann hob sie ihr Kinn und gab Eisenherz eine kleine Hilfe. Der Hengst warf seine schwarze Mähne zurück und begann mit stolzem Schritt die Dressur. Plötzlich war es, als würde Flo mit Eisenherz verschmelzen, als würden ihre Herzen im gleichen Takt schlagen. Ihre Bewegungen waren so perfekt aufeinander abgestimmt, dass der Hengst zu ahnen schien, was sie wollte, wenn sie nur daran dachte. Eisenherz schwebte über den Sand. Flo sah nicht mehr, was um sie herum passierte. Es war, als wenn es nur noch sie beide gäbe, sie beide für das Matilda. Galoppwechsel, Piaffe, Courbette, Kapriole – Eisenherz bewegte sich in einer solchen Perfektion, dass den Zuschauern der Atem stehen blieb. Am Ende nahm er eine formvollendete Schlussposition ein – dann packte Flo der Übermut, und sie ließ Eisenherz vor der Wettkampfjury niederknien und sich verbeugen. Dr. Gonzales war vor Begeisterung außer sich. Er hüpfte auf seinem Stuhl und brüllte »Bravo, Bravissimo!« – das hatte er bisher nur nach Anastasjas Tanz getan!
Strahlend stieg Flo aus dem Sattel und drückte ihr Pferd. Eisenherz schnaufte unbeeindruckt, als wenn er sagen wollte: »Ich habe doch gesagt, dass wir das packen!«
Pina fiel Flo jubelnd um den Hals, und Charly schluchzte: »Das war soooo toll, dass mir kein Reim einfällt!«, und sprang ihrer großen Schwester auf den Arm.
Aaron lehnte am Zaun und lächelte glücklich. »Ich bin stolz auf euch.« Und das war das höchste Lob überhaupt.

Im selben Moment drängelte sich Marc an ihnen vorbei.
»Platz da!«, fuhr er sie unwirsch an. Hinter ihm führte der Trainer die schöne Lipizzaner-Stute.
»Wo sind eigentlich Luca und die Jungs?«, fragte Flo.
»Oh, die haben gleich noch einen kleinen Job zu erledigen«, antwortete Aaron.
»Aber kein Schuss mit einem Luftgewehr oder so etwas!«, rief Flo alarmiert. »Ich möchte ehrlich gewinnen – und nicht, weil wir ein anderes Pferd erschreckt haben!«
Aaron schüttelte den Kopf. »Ein bisschen mehr Fantasie, Fräulein Orkney. Es geht hier nur um Fairness und Gerechtigkeit. Gemeine Attacken haben wir nicht nötig.« Gespannt drehte sich Flo zum Dressurplatz. Marc war nun aufgestiegen und hatte sich in Position gestellt. Der Trainer war wieder hinter die Absperrung getreten. Die schöne Stute hatte ihre Ohren in seine Richtung gedreht und wartete auf Kommandos.
Der Trainer schnippte mit den Fingern, und das Pferd setzte sich in Bewegung. Da sah Flo, wie Luca und seine Jungs sich dem Trainer näherten. Luca sprach ihn an, doch der Trainer schubste ihn gereizt beiseite, die Augen immer auf das Pferd gerichtet. Da schüttete einer von Lucas Freunden dem Mann etwas in den Kragen, und die Jungs trollten sich. Plötzlich begann der Trainer zu zucken, er kratzte sich, versuchte dabei aber immer mit dem Blick bei der Stute zu bleiben. Offensichtlich gelang ihm das nicht, denn auf einmal blieb die Stute mitten in der Übung stehen und wendete den Kopf. Der Trainer versuchte, das Jucken zu unterdrücken, gab seine Befehle, wand sich dabei aber wie eine Schlange auf Beute-

jagd. Die Stute war nun völlig durcheinander. Das Gewackel des Trainers wurde immer heftiger, schließlich konnte er sich nicht mehr zusammenreißen und riss sich fluchend das Hemd vom Körper. Nun ging die Stute nur noch rückwärts. Marc versuchte mit hochrotem Kopf, zu retten, was zu retten war, gab heftige Kommandos – und boxte das Pferd schließlich gegen den Hals. Dr. Gonzales sprang von der Tribüne.
»Stopp!«, brüllte er. »Abbruch. Kein Tier wird geschlagen!«
Marc sprang aus dem Sattel und stürmte wutentbrannt davon. »Meine Eltern haben ein Vermögen an Sie gezahlt!«, schrie er den Trainer an. »Das wird ein Nachspiel haben!«
»Ich habe vorher extra nachgeschaut«, raunte Aaron mit einem schelmischen Grinsen. »Es steht nirgendwo in den Wettkampfregeln, dass es verboten ist, dem Trainer eine Prise Juckpulver zu verpassen.«
Pina kicherte. »Warum auch? So etwas sollte für das Pferd und den Reiter doch völlig egal sein, oder?«
Aaron nickte. »Normalerweise schon.«
Im selben Moment sahen sie den Bus der Segler den Berg hinaufrumpeln. Schon von Weitem wurde laut gehupt, und dann tauchte Blancas Oberkörper aus dem Schiebedach auf. Jubelnd reckte sie die Arme zum Himmel! »Gewonnen!«, brüllte sie aus Leibeskräften. »Wir haben im Segeln gewonnen!«
Erleichtert sackte Flo ein Stück zusammen.
»Die kommen genau zur rechten Zeit«, murmelte Pina. »Jetzt haben wir für den Geländeritt noch ein paar Leute mehr, die die Strecke bewachen können – dann kann da auch nichts mehr schiefgehen.«

Flo pustete aus und nickte. Blancas Sieg bestärkte sie. Außerdem hatte jetzt schon zwei gute Bewertungen in der Tasche. Sie fühlte sich sicher – auch wenn mit jedem gewonnenen Punkt die Gefahr eines neuen Anschlags wuchs.
Da kam der kleine Bus mit den Seglern hinter dem Haupttor zum Stehen. Blanca sprang heraus, packte Flo und Pina und schüttelte sie. »Ich habe sie alle weggeputzt und mastkorbhoch gewonnen! Wenn nicht mindestens 30 Punkte zwischen mir und dem Zweitplatzierten liegen, dann hole ich den Enterhaken aus dem Koffer!«
»Feiern könnt ihr später«, ging Aaron nun dazwischen. »Flo hat noch ihren Geländeritt vor sich.«
Gemeinsam machten sie sich auf den Weg zu dem Parcours. Pina stocherte noch einmal in den Wassergräben nach Fallen und überprüfte die Ränder der Rampen. »Alles okay, abgesehen von unseren Wächtern war heute noch kein Mensch hier. Außerdem hatte das Kriminalistik-Team über Nacht Wärmebildkameras installiert – und außer ein paar neugierigen Hasen hat niemand den Parcours betreten.«
Als Erstes startete wieder Kimi auf Thor. »Einmal Dritter, einmal Zweiter – mal sehen, ob wir jetzt den ersten Platz schaffen«, lachte Kimi und gab Thor die Sporen. Das kleine Fjordpferd sauste über den Parcours. Es pflügte durch den Modder und stürzte sich todesmutig in die Gräben.
»Man wundert sich, dass dieses Pferd nicht auch noch einen Kopfsprung macht«, sagte Flo und stieg in den Sattel.
Gerade als sie starten wollte, sah sie Mette über die Südwiesen herantapfen. »Lilly hat auch noch die Schwedin geschlagen!«

Flo schloss für einen Moment die Augen. Jetzt konnten sie es wirklich schaffen! Sie konnten das Matilda retten – es durfte nur nichts mehr passieren.

Eisenherz erledigte das Rennen so lässig und in einer solchen Geschwindigkeit, dass Dr. Gonzales drei Mal die Zeit auf seiner Stoppuhr überprüfte.

»Unglaublich«, rief er verblüfft. »Was für ein Pferd! Und was für eine Reiterin!«

Nun ritt Marc mit seinem braunen Riesen an die Startlinie. Doch seine Laune war so schlecht und seine Hilfen so ungeduldig, dass er sein Pferd schon verrückt machte, bevor es losging.

»Ein Pferd ist nur der Spiegel deiner selbst«, seufzte Aaron. »Armer Brauner. Gutes Pferd – aber mit so 'nem Reiter ...«

Und so landete Marc gleich nach der ersten Runde in einem der modrigen Wassergräben. Sein Brauner hatte aus vollem Tempo abrupt abgebremst, sodass Marc allein weitergeritten und über den Hals des Pferdes gesegelt war.

»Flo! Du hast es geschafft!«, jubelte Pina. »Du hast gewonnen!«

»Warten wir die Punktzahl ab«, beschwichtigte Flo, denn ihr Sieg nützte nur etwas, wenn sie dadurch ihren Rückstand verkleinern konnten.

»Das Komitee zieht sich zurück«, verkündete Dr. Gonzales. »Ihr werdet den Punktestand gleich auf der Uhr ablesen können.«

Auf dem Außenhof vor den Sporthallen drängten sich Schüler und Lehrer. Gespannt starrten alle nach oben zu den

leuchtend roten Ziffern der Digitalanzeige. Flo konnte es vor Spannung kaum aushalten. Würden ihre Siege reichen, den Vorsprung aufzuholen? Nun flackerten die roten Zahlen, einen Moment verdunkelte sich die Anzeige, dann blinkte der neue Stand auf:
Boy School: 1726 Punkte, Skog Skola 1731 Punkte, Alpen-Internat: 1710.
»Das kann doch noch nicht alles sein!«, fuhr Pina auf.
Da begannen die Ziffern wieder zu blinken, erloschen erneut, und dann strahlte das richtige Ergebnis auf: Boy School 1876, Skog Skola 1891, Alpen-Internat: 1900!
Nun gab es kein Halten mehr. Die Matilden johlten, klatschten, pfiffen. Selbst Madame legte vor Begeisterung einen Stepptanz auf den alten Pflastersteinen hin! Herr Ringstrøm hüpfte so sehr, dass seine Taschenuhr aus seiner Weste purzelte, Dr. Polung zuckte, als hätte er in eine Steckdose gefasst, und Fechtlehrerin Smith dröhnte ein »Yeah, Yeah, Yeah!« über den Hof. Auch Sternenkundlerin Santiago und Schwester Schorf hatten sich unter die Feiernden gemischt und klatschten laut.
Nun drängelten sich Minerva, Olga und Min-Hai nach vorne und gratulierten Flo und Blanca mit wilden Umarmungen.
»Jetzt kommt es nur noch auf Abebas Lauf an!«, jubelte Minerva.
Flo schüttelte den Kopf. »Nein, jetzt kommt es vor allen Dingen auf *uns* an. Denn die geheime Strippenzieherin wird nun alles tun, um Abeba aus dem Rennen zu werfen. Wir haben Alarmstufe Rot!«

Kapitel
Zweiundzwanzig

In einer Ecke des Kreuzgangs ging Flo noch einmal den Plan durch, den das Strategie-Team zum Schutz der Läufer entwickelt hatte. Der Halbmarathon erstreckte sich exakt 21,0975 Kilometer durch die Berge. Die ersten Kilometer führten durch gut einsehbares Gebiet, aber ab Kilometer elf wurde es schwierig: Es ging nun über kleine, gewundene Pfade und durch dicht bewaldetes Gelände. Hier konnte der Angreifer hinter jeder Tanne lauern und Abeba etwas antun.
»Richter, Ungut-Drüber, Silk, Gasparov, Wullenstein, Kraft und Fluxus werden seit heute Morgen vom Kriminalistik-Team beschattet«, erklärte Nour. »Sie können keinen unbeobachteten Schritt tun.«
»Und seit sechs Uhr früh fahren die Mountainbiker die Strecke ununterbrochen ab und kontrollieren jeden Maulwurfshügel«, fügte Rasheda an.
»Problematisch ist hauptsächlich dieser Teil ...« Nour zeigte auf das Stück zwischen Kilometer zwölf und vierzehn. »Da gibt es keinen Handy-Empfang, und unsere Funkgeräte sind alle schon im Einsatz. Wir können uns in diesem Bereich praktisch nicht verständigen.«

»Also brauchen wir Streckenposten, die in Rufweite voneinander stehen oder in einem so geringen Abstand, dass wir uns mit Trillerpfeifen informieren können«, stellte Flo fest.
»Sollen wir die Pferde mitnehmen?«, fragte Pina.
»Pferde, Fahrräder, Motorräder – alles, worauf man einen Läufer ein Stück mitnehmen könnte, ist verboten, sobald der Startschuss gefallen ist«, erklärte Rasheda. »Und wir wollen ja nicht riskieren, dass Abeba disqualifiziert wird!«
Dann teilte Nour die einzelnen Streckenposten ein. Pina, Blanca, Flo, Min-Hai, Olga und Minerva übernahmen das kritische Stück in den Bergen.
Obwohl alles perfekt organisiert war, überfiel Flo plötzlich ein ungutes Gefühl. »Ich weiß, dass wir sie nicht zum Kreis der Hauptverdächtigen zählen, aber sollten wir nicht sicherheitshalber auch die Lehrerinnen im Auge behalten, die früher hier zur Schule gegangen sind? Ich meine, nur *sie,* die ehemaligen Matilden, könnten schließlich Petronovas Platz einnehmen.«
Rasheda zuckte ratlos mit den Schultern. »Wir haben kaum noch Leute ...«
»Charly kann mit einer Klassenkameradin in den Stall zu Zoologie-Lehrerin Agricola gehen«, schlug Flo vor. »Mette schicken wir zu Crescendo und –«
»Ich kann auch jemanden übernehmen!«
Flo fuhr herum.
Lilly rollte mit den Augen. »Jaha, guck nicht so – schließlich geht es jetzt um alles.«
»Gut, dann kümmere du dich um Santiago«, sagte Flo. »Ihr seid ja sowieso ganz dicke wegen Lasertechnik.«

»Gern«, antwortete Lilly und trippelte los.

Nour faltete den Plan zusammen. »Dann ziehe ich noch einen von den Moutainbikern für Musiklehrerin Crescendo ab. Also los, Matilden. Wir haben nicht mehr viel Zeit, um an die Posten zu kommen.«

»Ich sage schnell Charly und Mette Bescheid, lauft ihr schon mal vor!«, rief Flo und rannte zum Osttrakt.

»Okidoki, Roger-in-Kambodscha, Alles-klar-in-Afrika!« Charly platzte vor Stolz, dass ihre große Schwester ihr eine so wichtige Aufgabe übertrug.

»Ihr dürft sie einfach nur nicht aus den Augen lassen«, unterbrach Flo. »Verstanden? Ich verlass mich auf euch!« Damit eilte sie die Treppe wieder nach unten.

Als Flo auf den Außenhof trat, sammelten sich gerade die Meuterer um Richter. Mit finsteren Mienen betrachteten sie den Punktestand auf der Anzeige. Aus den Augenwinkeln sah Flo die Schülerinnen des Kriminalistik-Teams, die sich in kleinerem oder größerem Abstand auf dem Hof tummelten. Sie zog noch einmal ihren Zettel mit der Liste der Verdächtigen heraus. Bevor sie das Matilda verließ, musste sie noch einmal alles kontrollieren. Während Flo die Liste studierte, hörte sie mit halbem Ohr zu, was Richter und seine Meuterer tuschelten.

»Wenn Petronova tatsächlich die 500 000 Dollar Preisgeld in die Hände kriegt, kann sie sofort mit den Reparaturen beginnen, und wir haben wenig Argumente«, keifte Wullenstein.

»Wie konnte das passieren?«, jammerte Silk.

»Noch ist nichts verloren«, versuchte Richter zu beschwichtigen. »Verzweifeln sollten wir erst, wenn der Marathon gewonnen wird. Und ich bin ziemlich sicher, dass es nicht dazu kommen wird.«

Flo musste schlucken.

»Wie können Sie da so sicher sein?«, säuselte Ungut-Drüber. »Oh, Herr Kollege, darf ich mal?« Mit spitzen Fingern zog sie etwas von Richters Pullover und hielt es ans Licht. »Über den Stress bekommen Sie schon graue Haare, Herr Kollege.«

»Das nennt man Silber«, verbesserte Fluxus.

Silber? Flo stockte. Sie war auf ihrer Liste gerade bei Santiago angekommen, genau genommen bei den kritzeligen Anmerkungen von Petronova. »… hat die Wettkampfräume aufgeräumt …«, murmelte Flo. Die Wettkampfräume, dazu gehörten auch die Kunsträume … da, wo die Maler-Overalls verschwunden waren … und nun befand sich auch noch ein silbernes Haar auf Richters Pulli? Plötzlich dämmerte es Flo. Der Liebesbrief! Strahlende Venus mit deinem Astralkörper, mein Stern! Damit war Santiago gemeint. Und sie war in ein Büro im Planetarium verschleppt worden!

Flo machte kehrt und rannte zurück ins Torhaus – und stieß direkt mit Lilly zusammen.

»Ich kann Santiago nirgendwo finden«, keuchte die atemlos. »Angeblich soll sie wieder mit Migräne in ihrem Zimmer liegen – aber da ist sie nicht.«

Flo raufte sich die Haare. »Dann plant sie gerade einen Anschlag auf Abeba!«

»Aber sie hat doch immer zu Petronova gehalten!«

»Das war Tarnung!« Flo raste los und Lilly hinterher. Sie

mussten so schnell wie möglich die anderen einholen! Wenn sie querfeldein liefen, waren es knapp vier Kilometer bis zu dem gefährlichen Streckenabschnitt. Abeba hatte in derselben Zeit zwölf Kilometer zu laufen – wenn sie sich ranhielten, blieb ihnen noch genügend Zeit, um Santiago aufzuspüren und die Strecke nach einer Falle abzusuchen, bevor Abeba den gefährlichen Abschnitt erreichte!
Sie jagten über die Südwiesen, weiter Richtung Nordwesten. Bald sahen sie die anderen, und Flo legte noch einen Zahn zu.
»Santiago!«, brüllte sie. »Santiago ist die Strippenzieherin! Und keiner weiß, wo sie ist!«
»Alle auf die Positionen! Sucht eure Bereiche ab!«, schrie Pina. Sofort stoben die Mädchen auseinander, um ihre Posten einzunehmen.
Flos Puls pochte in den Schläfen, sie rannte, so schnell sie konnte. Nach acht Minuten hatte sie ihren Abschnitt erreicht. Wie besprochen stieß sie mit der Trillerpfeife einen Pfiff aus. Pina antwortete von links, Blanca von rechts. Die beiden waren also auf ihren Positionen. Eilig begann Flo den Waldabschnitt nach Santiago abzusuchen. Was hatte sie vor? Doch weder die Sternenkundlerin noch eine Falle konnte Flo entdecken. Und eins war ja klar: Ein normales Stolperloch konnte es nicht sein – das könnte auch den Amerikaner oder Ebba, die Schwedin, treffen. Aber was dann? Es musste etwas sein, womit Santiago gezielt zuschlagen konnte – und was man nicht unbedingt auf einen Anschlag zurückführen konnte ... Flo sah in die Baumwipfel. Sollte irgendetwas von oben auf Abeba fallen? Doch auch

da konnte sie nichts entdecken. Langsam arbeitete sie sich in Blancas Richtung vor – da ertönte ein Pfiff! Die Läufer mussten Blancas Posten erreicht haben. Was sollte sie jetzt tun? Sie konnte nur noch neben den Läufern herlaufen, um sie im Zweifelsfall zu warnen. Jedenfalls so lange, wie sie noch Puste hatte! Im selben Moment erschien Abeba hinter der Wegbiegung. Dicht an ihre Fersen geheftet folgte Ebba und mit etwas Abstand der Amerikaner. Flos Herz schlug bis zum Hals. Abeba lief leicht und locker, ihr Blick war nach vorn gerichtet, und Flo war nicht sicher, ob Abeba sie überhaupt wahrnahm. Sie wartete am Wegesrand, und in der Sekunde, als Abeba an ihr vorüberzog, rannte auch sie los. Doch schon nach hundert Metern konnte sie das Tempo der geübten Läuferin nicht mehr halten. Ebba zog an ihr vorbei und dann auch der Amerikaner. Flo fiel weiter und weiter zurück. Der Weg begann nun auch noch, sich in Schlaufen zu winden, und die drei verschwanden immer wieder aus ihrem Blickfeld. Flos Lunge ratterte wie ein Smoothie-Mixer, in den man Nüsse geworfen hatte. Mit letzter Kraft taumelte sie um die nächste Kurve und sah von Weitem Pina. Jetzt konnte sie übernehmen! Schwer atmend blieb Flo stehen und ließ ihren Oberkörper nach vorn fallen. Sie stützte die Hände auf die Oberschenkel, stemmte sich hoch – und sah plötzlich etwas Silbriges im Dickicht aufblitzen. Santiago!

»Vorsicht!« Flo steckte die Pfeife in den Mund und blies, so laut sie konnte. Santiagos Silberschopf fuhr herum, für eine Sekunde schien sie irritiert, dann warf sie sich mit Schwung zurück. Flo sah, wie aus dem sandigen Boden ein Draht hochschnellte. Doch die Sekunde der Verzögerung hatte genügt, dass Abeba vorbei war! Dafür trat Ebba nun in den Draht, verfing sich und strauchelte. Ein Schrei zerriss die Stille des Waldes, dann stürzte Ebba zu Boden. Abeba bremste und eilte sofort zurück. Der Amerikaner blieb verstört stehen. Der Draht hatte sich in Ebbas Bein geschnitten. Dunkelrot quoll das Blut aus einer klaffenden Wunde. Atemlos kamen Flo und Pina an der Unfallstelle an. Pina zog sofort ihren Gürtel aus der Hose und band Ebbas Bein am Oberschenkel ab. »Sie verliert viel zu viel Blut! Eine Ader muss durchtrennt sein! Sie muss sofort in ein Krankenhaus!«

»Wo ist der erste Streckenposten mit Handyempfang?«, fragte Flo.

»Anderthalb Kilometer zurück«, antwortete Abeba atemlos. Nun kamen auch Lilly und Min-Hai angerannt.

»Wer ist die Schnellste von uns?« Flo drehte sich zu ihren Freundinnen.

»Ich«, sagte Abeba.

Für einen Moment sahen sich Flo, Pina, Min-Hai und Lilly an. Sie standen kurz vor dem Sieg der Schulweltmeisterschaft – aber was bedeutete der, wenn Ebba lebensbedrohlich verletzt war? Was bedeutete eine Siegprämie, egal wie hoch, gegen die Gesundheit und das Leben eines Menschen?

»Ich muss weiter!« Der Amerikaner hatte sich von seinem Schreck erholt und rannte wieder los.

»Schämst du dich nicht?!« Min-Hai war völlig fassungslos.

»Sorry«, rief der Junge über die Schulter. »Aber von dem Ergebnis hier hängt mein Stipendium ab – und wenn ich das verliere, kann ich die Schule nicht mehr bezahlen!«

»Denkt ihr dasselbe wie ich?«, fragte Flo ihre Freundinnen.

Pina nickte. »Ja, lauf zurück, Abeba.«
Lilly nickte. »Wir sind Matilden! Mit dem Herzen in der Hand, mit Verstand durch jede Wand!«
»Los!«, brüllte Blanca, und Abeba stürmte davon, den Weg zurück.

Es dauerte zehn Minuten, dann raste einer der Schuljeeps heran. Ein Rettungshubschrauber war schon informiert und brachte Ebba in die nächste Klinik. Sobald Ebba in Sicherheit war, begannen die Mädchen nach Santiago zu suchen. Doch von der Sternenkunde-Lehrerin fehlte jede Spur.
»Wir können ja nicht mal beweisen, dass sie es war«, seufzte Pina. Da erhielten sie die Nachricht, dass der Amerikaner ins Ziel gelaufen war. Die Boy School hatte den Lauf gewonnen. Und selbst wenn die Zeit nicht überragend war, reichten die Punkte für einen Gesamtsieg der Amerikaner aus.
Stumm machten sie sich auf den Rückweg ins Internat. Sie hatten keine Eile. Es war vorbei. Ihre ganzen Mühen und Anstrengungen waren umsonst gewesen.
Flo konnte nicht einmal sagen, dass sie wütend war. Sie fühlte sich einfach nur leer. Leer und unendlich müde.

Als sie im Matilda ankamen, blinkte die Punktzahl der amerikanischen Boy School in hellen Blitzen auf. In kleinen Grüppchen standen die Matilden auf dem Außenhof und starrten zu der Anzeige hinauf. Es war eine schweigende, traurige Menge. Etwas abseits hatte sich Richter mit seinen Kumpanen versammelt, und er bemühte sich nicht, sein selbstgefälliges Grinsen zu unterdrücken.

»Ich würde sie am liebsten allesamt in die Güllegrube werfen und eine Herde Seeungeheuer hinterherschicken«, knurrte Blanca beim Anblick der Verräter. Und diesmal widersprach selbst Pina nicht.

Da trat Petronova aus dem Torhaus. Ihre Miene verriet keine Gefühlsregung. Mit stolzen Schritten ging sie auf Abeba zu und legte ihr beide Hände auf die Schultern. »Gut gemacht. Das, was uns von den Verrätern unterscheidet, ist unsere Haltung. Und die kann uns niemand nehmen. Niemals.« Erhobenen Hauptes ging sie weiter zum Sporttrakt, und ihre Schülerinnen folgten ihr.

Flo spürte, wie sich eine kleine Hand in ihre schob. Es war Charly. Flo zog ihre Schwester an sich und drückte sie. Charly schniefte und versuchte, die Tränen zurückzuhalten, doch es gelang ihr nicht.

»Ich will nicht auf eine normale Schule gehen«, schluchzte sie. »Tut mir leid, dass ich heulen muss, aber es ist so schrecklich und gemein und furchtbar.«

»Schon gut«, sagte Flo und biss sich auf die Lippen. Bevor sie den Sporttrakt betrat, sah sie Aaron mit verschränkten Armen auf dem Hof stehen. Und da war auch Herr Ringstrøm. Und zum ersten Mal, solange Flo sich erinnern konnte, wirkte er gebrechlich. Sorgenfalten durchzogen sein Gesicht, und er stützte sich auf einen Stock.

Stumm tappten sie in den Fechtsaal und warteten auf die allerletzte Verkündung der Punktzahlen und die Siegerehrung.

Dr. Gonzales stand vorn auf der Bühne und war blass um die Nase. »So etwas ...«, stotterte er, »... so etwas ist noch nie pas-

siert. Mir fehlen die Worte. Mr Henderson, unser großartiger Erfinder der Schulweltmeisterschaft, wird sich gleich selbst in einer Videoschaltung äußern. Ich bin nur froh, dass Ebba gerettet werden konnte. Sie muss einen Schutzengel gehabt haben. Der Notarzt hat gerade Entwarnung gegeben. Ihr Zustand ist nicht mehr lebensbedrohlich.« Ein leises Aufatmen ging durch den Saal, dann nahmen die Schülerinnen und Schüler auf den Matten und Kästen Platz und starrten auf die schwarze Leinwand. Im Fechtsaal war es totenstill.
Wie bei einer Beerdigung, dachte Flo. Und irgendwie war es das ja auch. Sie begruben hier all ihre Hoffnung, sie verabschiedeten sich von ihrem Traum.
Vorn auf der Leinwand flackerte nun ein Bild auf, dann erschien ein freundlicher älterer Herr in einem bunten Hemd vor einer sommerlichen Kulisse. Hinter ihm rauschten die Wellen des Pazifiks.
»Mein Name ist Miko Henderson«, stellte er sich vor. »Vor fast vierzig Jahren habe ich die internationale Schulweltmeisterschaft ins Leben gerufen.« Er machte eine Pause und fuhr sich über das Gesicht. »Eigentlich war es das Ziel, die Besten zu einem fairen Wettkampf herauszufordern. Mit Freude und Einsatz sollte die Jugend miteinander ringen, sich messen. Ich wollte den gesunden Ehrgeiz, den Spaß an der Leistung fördern.« Er senkte traurig den Blick. »Das, was heute geschehen ist, hat nichts mehr mit meiner Idee zu tun. *So* möchte ich diesen Wettkampf nicht mehr ausrichten. Für mich gibt es bei dieser Weltmeisterschaft keinen Gewinner, und darum wird es auch keinen Preis geben.«

Die Jungs der Boy School begannen zu murren, hielten aber nach einem strengen Blick ihres Cheftrainers den Mund.

»Ja, ich bin enttäuscht«, sprach Henderson direkt in die Kamera, und alle fühlten sich angesprochen. »Tief enttäuscht. Und natürlich überlege ich, wie ich das, was ich eigentlich fördern wollte, trotzdem unterstützen kann.« Er zögerte. »Ich bin zu dem Schluss gekommen, dass ich das Preisgeld in Zukunft Menschen verleihen möchte, die Besonderes geleistet haben. Die ein Vorbild für uns alle sind. Heute hat eine Gruppe von Mädchen mutig auf den Sieg verzichtet, um eine Konkurrentin zu retten. Es wäre ein Leichtes gewesen, weiterzulaufen und den Sieg zu holen. Aber diese Mädchen haben sich anders entschieden. Das zeigt Größe. Ich bin gerührt und beeindruckt. Aus diesem Grund wird mein erstes Fördergeld an das Alpen-Internat gehen, das gerade dringend Unterstützung benötigt, um die Sturmschäden zu reparieren. Ich hoffe, ich kann mit meiner Fördersumme von 500 000 Dollar einen Teil zum Wiederaufbau beitragen. Danke für eure Aufmerksamkeit.«

Dann verschwand das Bild. Einen Moment war es totenstill, und es dauerte, bis Flo, Pina, Blanca und ihre Freundinnen begriffen hatten, was die Nachricht bedeutete.

Die Erste im Saal, die förmlich explodierte, war Madame Maseleige. »Juhu! Auf das Matilda!«, brüllte sie und reckte ihre dicken Ärmchen in die Luft.

Und nun gab es kein Halten mehr. Die Mädchen sprangen auf und jubelten. Charly hüpfte wie ein Gummiball. Lilly fiel Pina um den Hals. Alle waren außer Rand und Band. Freudentränen, Stepptänze, Fangesänge – der ganze Fechtsaal war erfüllt von überglücklichen Matilden und ihren Lehrern. Da sah Flo zwischen all den kreischenden, feiernden Menschen Direktorin Petronova. Still und ruhig lehnte sie am Eingang der Fechthalle. Für einen Moment trafen sich ihre Blicke. Ein leises Lächeln huschte über die rot geschminkten Lippen, und Flo hätte schwören können, dass eine Träne in ihren Augen glitzerte. Dann tanzte eine Gruppe Oberstufenschülerinnen um Flo herum, und als sie das nächste Mal einen Blick zum Eingang des Saales erhaschen konnte, war Petronova verschwunden.

Da packte Pina sie an den Schultern, riss sie herum und schob sie direkt hinter Blanca. In einer laut singenden Polonaise marschierten die Matilden hinaus auf den Hof. Blanca, die die Reihe anführte, hielt direkt auf Richter und seine Kumpanen zu. Richter war grün vor Wut. Wullenstein spritzten die Zornestränen waagerecht aus den Augen, und Silk bekam einen hysterischen Anfall. Hinter ihnen eilte Sternenkundlerin Santiago mit einer Reisetasche aus dem Torhaus.

»Liebling!«, rief Richter. »Wo willst du denn hin?«

»Weg!«, fauchte Santiago.

»Warte doch«, stammelte Richter. »Ich muss nur schnell meine Sachen packen.«

»Geh mir aus den Augen, du Versager«, fuhr Santiago ihn an. »Glaubst du, ich will mit so einem Schwächling wie dir noch eine Minute länger verbringen? Ich wollte die Macht über das Matilda! Ich wollte Rektorin werden! Mein Name sollte in den Boden des Kapitelsaals gemeißelt werden! Du hättest an meinem Ruhm teilhaben können – aber du warst zu blöd!« Sie spuckte vor ihm aus und stakste davon.

Fassungslos starrte Richter der silbernen Punkmähne nach, die hinter den Sporthallen verschwand.

»Vielleicht sollten wir auch schleunigst verschwinden?!«, heulte Wullenstein.

»Das war alles Ihre Idee!«, kreischte Silk. »Ihretwegen stehe ich jetzt mit nichts da! Ich bin ruiniert!«

»Verschwinden wir, bevor wir noch Probleme kriegen«, zischte Fluxus, doch in dem Moment sausten zwei Polizeiwagen durchs Haupttor und verstellten der davoneilenden Santiago den Weg.

»Niemand verschwindet hier!«, donnerte Dr. Gonzales und stapfte heran. »Ich werde Sie alle zur Verantwortung ziehen. Dachten Sie wirklich, Sie kämen ungeschoren davon?«

»Aber so etwas hat doch niemand gewollt! Das war ein Unfall!«, rief Richter verzweifelt. Nun flennte Wullenstein richtig los, und Silk kreischte: »Sie haben mich da reingezogen, Sie sind an allem schuld!«

»Tja, so ist das, wenn man aufs falsche Pferd setzt!«, rief Aaron.

»Los, Blutsschwestern, hier werden wir nicht mehr gebraucht!«, donnerte Blanca über den Hof. »Weiter zu den Südwiesen!« Und damit führte sie die lange Schlange in einer großen Kurve Richtung Zeltdorf.

Flo löste Pinas Hände und legte sie Blanca auf die Schultern. »Bin gleich wieder da!« Dann rannte sie zu Herrn Ringstrøm – und jetzt konnte sie nicht anders, als ihn zu umarmen. »Wir haben es geschafft!«

»*Ihr* habt es geschafft!«, verbesserte der alte Herr und strich Flo stolz über das Haar.

Kapitel
Dreiundzwanzig

»Fast wie vorher«, sagte Pina, als sie in ihr frisch renoviertes Zimmer traten.

Flo tänzelte ein paar Schritte vor und zurück. »Die Dielen knatschen gar nicht mehr. Wie praktisch, wenn wir uns heimlich vom Acker machen wollen.«

Blanca warf sich aufs Bett. »Wenigstens die Bettfedern quietschen noch – sonst hätte ich echt Sehnsucht nach unserer alten Kammer bekommen! Wann wollen wir denn den ersten Ausbruch wagen?«

»Morgen?«, grinste Flo. »Ich habe gerade eine Nachricht von Luca bekommen – irgendetwas wollen sie gegen uns austragen.«

»Wie gut, dass er nicht mehr wütend ist«, sagte Pina.

Blanca richtete sich grinsend auf. »Schuldest du ihm nicht noch etwas?«

»Quatsch!« Flo winkte ab.

»Na ja«, sagte Blanca. »Ich dachte, du müsstest da noch einen Ausgleich schaffen, immerhin hat dieser bekloppte Zahnspangen-Dave ...« Sie spitzte die Lippen und machte ein Schmatzgeräusch. Doch bevor Flo wütend an die Decke gehen konnte, drang ein lautes Kreischen von der anderen Seite des Gangs zu ihnen herüber: »Ooooh nein!«, heulte Lilly auf. »Wo sind die Zwischenregale für meine Handtaschen-Sammlung?«

»Hier kriege ich niemals meine ganzen Schuhe unter!«, zeterte Cilly.

Pina grinste. »Alles wie immer.«

»Wolltet ihr es jemals anders haben?«, fragte Blanca.

Pina und Flo schüttelten die Köpfe.

»Niemals!« Flo streckte ihren Freundinnen die Hand entgegen, und Pina und Blanca schlugen ein.

»Na dann«, sagte Flo. »Wollen wir doch mal sehen, was für ein Abenteuer uns als Nächstes erwartet!«

Gewächshaus und
Krankenstation
(zerstört)

Schlammlawine

Planetarium

provisorische
Krankenstation

Exploratorium

O
N ←→ S
W

Osttrakt

Kapitelsaal

Nordtrakt

Biblio-
thek

Kirche

Kräutergarten

Innenhof

Speisesaal

Oratorium
Palatorium
Kunst
Musik

Sportplätze

Tennisplätze

Falken

Lehrerzimmer

Klassen-
räume

Südtrakt

Gästehaus

Klassen-
räume

Zelt-
stadt

Klassenräume

Klassenräume

Sporträume

Reitplatz

Stallungen

Hühner

Danksagung

Ich danke meiner Freundin und Apothekerin Susanne Wilhelm. Sie hat für mich nach Giftpflanzen geforscht und die Hundspetersilie gefunden – die perfekt zu der Geschichte passt.
Zum Glück hatte ich auch dieses Mal kritische Testleserinnen: Danke an Carla Schwarz, Mara Puljitz, Line Watermann (vom literarischen Kinderquartett der Buchhandlung Sternschnuppe) – und an meine Tochter Greta.
Einen zweiten Teil einer Geschichte kann es nur geben, wenn beim ersten alles gut ging: Darum gilt mein Dank dem Team vom Verlag Friedrich Oetinger – und ganz besonders meiner Lektorin Christiane Laura Schultz und Carina Mathern.

Ein Club für alle Fälle

Nina Weger
**Club der Heldinnen.
Entführung im Internat**
240 Seiten · Ab 9 Jahren
ISBN 978-3-7891-0465-7

Juhu, es geht los! Das neue Schuljahr auf dem Matilda Imperatrix, dem Internat für Mädchen mit außerordentlichen Fähigkeiten. Flo und Pina beratschlagen bereits, wie sie beim Geländespiel die beiden Oberzicken Cilly und Lilly abhängen. Doch da kommt der große Schreck: Flos kleine Schwester Charly verschwindet spurlos! Flo verdächtigt sofort die Neue in ihrem Zimmer, Blanca. Doch bald merken Flo und Pina, dass sie Charly nur mit Blancas Hilfe retten können. Denn gemeinsam sind die drei wirklich heldenhaft!

Auch als

Weitere Informationen unter:
www.oetinger.de

Meeresmagie, Abenteuer, Rätsel und ganz wunderbare Freunde!

Tanya Stewner
Alea Aquarius.
Der Ruf des Wassers
320 Seiten · Ab 10 Jahren
ISBN 978-3-7891-4747-0

Alea fühlt den Sog des Meeres, seit sie denken kann – und doch fürchtet sie es. Denn wenn sie mit Wasser in Berührung käme, könnte es tödlich für sie enden. Das hat Aleas Mutter ihrer Pflegemutter gesagt, bevor sie verschwand. Doch eines Tages wird Alea bei einem Sturm über Bord geschleudert. Danach ist nichts mehr, wie es war ...

Auch als ebook

Weitere Informationen unter:
www.oetinger.de